双葉文庫

暗殺奉行

怒刀

牧秀彦

目次

この作品は双葉文庫のために書き下ろされました。

第一章　暗殺奉行、脅される

一

　こたびの標的は用心深かった。

　始末の的《まと》は公儀の御用を承りながら、抜け荷で荒稼ぎする廻船問屋。

　あくどく儲《もう》けた分だけ人様の恨みを買っており、いつも出先には用心棒の浪人を遠近問わず同行させ、舶来の短筒を手放さずにいる。

　今夜も向島の寮に女連れでしけ込むのに、十人に護《まも》りを固めさせていた。

　幾ら何でも厳重すぎるが、これもかねてより身辺を嗅《か》ぎ回られていればこそ。

　逆に探り返そうとしても、相手の素性はまったく知れない。

　そこで自ら囮《おとり》となり、おびき出して始末しようと目論《もくろ》んだのだ。

しかし暗殺奉行が差し向けた与力と同心の強さは、予想を遥かに超えていた。

「ここが地獄の一丁目だ。とっとと奈落に落ちやがれ！」

怒りの叫びと共に血煙が上がる。

早見兵馬《はやみひょうま》が振り抜いた一刀は、大柄な用心棒を真っ向から斬り伏せた。

早見の装束は黒一色。筒袖の着物も細身の野袴《のばかま》も、軽快に立ち回ることを念頭に置いた装いであった。

足拵《あしごしら》えは草鞋《わらじ》履き。古びたものでは戦いの最中に紐が切れて転倒し、命取りになる恐れもあるため、いつも下ろしたてを履いている。

草鞋の底には鉄のすべり止めを装着し、刀を振り抜く土台となる下半身を安定させるために、踏ん張りの利く工夫がされていた。

「む！」

早見は後方に向き直った。迫る殺気に応戦する動作である。

両の爪先を浮かせることなく、足裏の前半分をぴたりと地面に着けている。

足と腰から先に動き、その動きに上体が自然と付いていく。脇を締めて両手で握った刀も体の一部の如く、流れるようにして頭上に振りかぶっていた。

「ヤッ」

振り抜く刀は、後ろから襲いかかる敵より速い。

刀勢《とうせい》も鋭く斬り下ろされたのは、腰が敵と正対《せいたい》した瞬間のことだった。

「おのれ、狼藉者《ろうぜきもの》っ」

三人目の用心棒が、負けじと横から跳びかかる。

不意を突かれても、動じるには及ばない。

カーン。

軽やかな金属音を上げて、敵の斬撃が弾かれる。

鎬《しのぎ》——刀身の側面で受け流したのだ。

「鋭《えい》っ」

気合い一閃《いっせん》、早見は返す刀でぶった斬る。精悍《せいかん》な顔に怒りをみなぎらせ、続けざまに三人の敵を返り討ちにしていた。

相棒の神谷十郎《かみやじゅうろう》も負けてはいない。

こちらの装いは、紺地の着流し。

動きやすく裾をからげ、同じ色の股引《ももひき》を覗《のぞ》かせている。

懐に隠し持った得物《えもの》は棒手裏剣。

腹掛けに工夫を加え、胸元から一本ずつ取り出せるようになっていた。

しゃっ。

腕に覚えの飛剣《ひけん》が、矢継ぎ早に打ち放たれる。

「わっ」

「ひっ！」

「ぐぇっ」

正確無比な狙いを避けきれず、三人が続けざまに薙《な》ぎ倒される。

しかし、敵もやられっぱなしになってはいなかった。

四人目の用心棒は手近の戸板を外すや、サッと抱えて盾にした。

「ははは、これで飛剣も役に立つまい！」

勝ち誇りながら、用心棒は一気に間合いを詰めてくる。

近間《ちかま》に入ると同時に盾を放り出し、抜き打ちに斬って捨てるつもりなのだ。

それでも神谷は動じない。

手裏剣に替えて抜いたのは、左腰に帯びていた大《おお》脇差。

キンッ。

冷静に抜き合わせ、勢いに乗った敵の斬り付けを受け止める。

精悍そのものの早見と違って細身で役者めいた優男《やさおとこ》の神谷だが、元服前から同じ町道場に通って鍛えた足腰は強靭《きょうじん》そのもので侮《あなど》れない。

「せいっ」

ぐんと腰を入れて押し返しざま、強烈な足払いを喰らわせる。

「うおっ」

用心棒がよろけた瞬間、ずんと大脇差が脾腹《ひばら》に埋まる。

「逝《ゆ》け……」

わななく耳元で冷たく告げて、神谷は刺した刃に捻《ひね》りを加える。

一方の小関孫兵衛《こせきまごべえ》も、年下の二人に負けていない。

「むんっ」

力強い気合いと共に、ぶわっと用心棒が投げ飛ばされる。

どっと頭から叩き付けられた次の瞬間、骨が砕けた。

小関の殺し技は小具足《こぐそく》。乱世の戦場《いくさば》で用いられた、鎧《よろい》武者の格闘術である。

いつもの捕物では殺すどころか怪我もさせぬように心がけているが、影の御用に手心は無用。猪首《いくび》で風采の上がらない、ずんぐりむっくりした中年男と舐《な》めてかかれば命取りだ。

まるっこい体に着込んでいるのは生成《きな》りの筒袖に羊羹色《ようかんいろ》の羽織、そして七分丈の下穿《したば》き。柔術遣いらしい装いだが丸腰ではなく、太めの脇差を腹のでっぱりが目立つ帯前に差していた。

すでに二人の用心棒が投げられ、組み伏せられ、骨を砕かれて果てていた。

バキバキバキッ。

「さぁどうだ、ずんと骨身にこたえるだろう？」

とぼけたつぶやきが空恐ろしい。

大汗をかきながら小関が三人目の首をへし折ったとき、寮の母屋では悪の親玉である廻船問屋が身動きできなくなっていた。

全身がしびれて指も動かず、短筒を持っていても撃てはしない。

「残念でしたね平田屋《ひらたや》の旦那さん。地獄の道連れだったら、どうぞ他を当たってくださいましな」

肌襦袢《はだじゅばん》一枚の艶《つや》っぽい姿で、彩香《あやか》は細い鍼《はり》を手にしていた。

これから事に及ばんとしたところで寮を襲撃されて泡を食い、彩香の白い手を引いて逃げ出そうとした瞬間に、ツボを突かれたのだ。

泡を吹いて悶絶《もんぜつ》した平田屋は褌《ふんどし》一丁。

たるんだ肌は彩香が遊女の如く付けてやった、口紅の跡だらけである。

「ふん……」

冷たく微笑みながら、彩香は身支度を調える。

後家を装って好色な平田屋の気を惹き、この寮にわざと連れ込まれたのは退治するための罠であった。

浜町河岸に診療所を構える彩香は、女の身で漢方を修めた名医。鍼による治療法も心得ており、使い方次第で体の自由ばかりか命まで奪うことができる、裏の経絡《けいらく》も把握している。

それでいて男たちが鼻の下を伸ばさずにいられぬ美貌の持ち主で、姿を変えて罠を仕掛けるのもお手の物だ。

彩香が身支度を調え終えると、隣室で控えていた与七《よしち》が入ってくる。こちらも懐から抜いた喰出鍔《はみだしつば》付きの短刀を一閃させ、あるじの情事を覗き見ながら鼻息を荒くしていたお付きの番頭と手代を仕留めた後だった。

苦み走った表情を変えることなく、与七は束ねて持参した縄を解く。

気を失った平田屋をがんじがらめに縛り上げ、絹の褌は外して捨てた。

「後を頼みますね、与七さん」

「へい」

与七は言葉少なにうなずき返し、でっぷりした平田屋を軽々と抱え上げる。

この寮の裏には川が流れており、専用の船着き場には有事に備えた一艘が常に係留されている。

平田屋は船の底に横たえられ、上から筵《むしろ》をかぶせられた。

与七が縛るついでに猿ぐつわをきっちり嚙ませておいたので、目を覚ましても助けを呼ぶことはできない。用心深いようでいながら女にはだらしなく、色香に惑ったのが運の尽きだ。

流れに乗った船は水面《みなも》を渡っていく。

大川を下って目指すは日本橋。

橋の袂《たもと》の高札場《こうさつば》まで運び、晒《さら》し者《もの》にしてやるのだ。

褌まで脱がされた丸裸、しかも女に口紅をべたべた付けられた、だらしない姿を天下の大道で、それも五街道の起点にして魚河岸もあり、大勢の人が行き交う日本橋で晒せば、取り返しのつかない赤っ恥だ。

存じ寄りにも呆《あき》れられ、今まで金に飽かせて作った人脈も、醜聞を揉《も》み消す役には立ってくれまい。

おまけに新平《しんぺい》が集めた悪事の動かぬ証拠も横に置いておくので、さんざん恥を晒したのに続いて町奉行所で裁かれ、獄門晒し首になるのは必定だった。

「助平《すけべえ》野郎め、ざまぁ見やがれ」

遠ざかっていく船を見送りながら、早見はつぶやく。

傍らに立つ神谷と小関も満足げ。

表に出てきた彩香も、微《かす》かに笑みを浮かべていた。

すべては公には為し得ない、闇の裁きである。

この不敵な男女を束ねる人物の名は依田政次《よだまさつぐ》、五十一歳。

和泉守《いずみのかみ》の官名を持つ依田は、去る四月から北町奉行に任じられていた。

表の御用は、大江戸八百八町の司法と行政を担う町奉行。

その裏で為す、影の御用が悪党退治だ。

非道な所業に及んでいながら地位や名誉によって護られ、幕府が定めた天下の御法を以てしても裁くことができない悪を、人知れず成敗する。

だから暗殺奉行なのである。

暗殺と言っても、殺すばかりが能ではない。

むしろ力には力で対抗するばかりでなく、許せぬ悪事を言い逃れができない形で世間に公表し、丸裸にしてやることも役目のひとつであった。

今宵の悪党退治も、首尾は上々。

後は夜が明けるのを待ち、素知らぬ顔で驚いた振りをしていればいい。

またひとつ、表立っては成し得ぬことをやってのけたと思えば、気分も上向きになろうというものであった。

四人は来たときと同じ船に乗り、向島を後にした。

船の中で殺しの装束を脱ぎ、それぞれ常の装いに改める。あらかじめ風呂敷に包んだ上で隠しておいたのだ。

与力の早見は継裃《つぎがみしも》で、同心の神谷と小関は黄八丈《きはちじょう》の着流しに黒羽織。彩香は表に出るとき肌襦袢の上に十徳《じっとく》と軽衫《カルサン》を着け、いつもの医者の姿に戻っていた。

新大橋の下を潜った船は、右手に折れて浜町川に入る。

ここまで来れば、組屋敷のある八丁堀も目と鼻の先だ。

「今日も一杯振る舞ってもらえるかい、おやじどの」

「へっへっへっ、もとよりそのつもりさね。厄落としにがっつり喰らおうや」

「二人とも不謹慎なことを申してはいかん。悪党とて死ねば仏ぞ」

盛り上がる早見と小関に、神谷は櫓《ろ》を漕《こ》ぎながら釘を刺した。

されど、幼馴染《おさななじ》みの早見は何を言われても慣れたもの。

「だったら清めの汁粉《しるこ》ってことにしとけばいいだろ。十郎、お前も付き合え」

「清めと申さば酒であろう。どのみち俺はいらぬ」

「通いの女中も帰っちまったんだろうが？　独りより三人のほうが楽しいぞ」

「ううむ、仕方のない奴め」

端整な顔をしかめながらも、神谷は早見には逆らわない。いつも何だかんだと言いながら元服前の少年の如く、一緒に行動するのを楽しんでいた。

このような間柄になれたのも、影の御用に就いてからのことだった。

表の立場は与力と同心で違っていても、ひとたび裏に廻れば一蓮托生《いちれんたくしょう》。

共に白刃《しらは》の下を潜る同志となったことで、往年の友情を取り戻したのだ。

「さーて、そうと決まれば急ぐとしようぜ。あんまりぐずぐずしてると、町境《まちざかい》の木戸が閉まっちまうからなぁ」

にっと笑うや、小関は先に船着き場に降り立つ。

早見と神谷も頷《うなず》き合い、揃って後に続いた。

しかし、彩香は付き合わない。

「失礼をいたしまする」

しとやかに一礼し、船を操って去っていく。

これから向かう先は、早見たちも承知の上だった。

彩香には事を終えた後、首尾を依田に報告する役目があるからだ。

それぞれに腕を見込まれ、新たに影の御用に加わった男たちとは違って、彼女は独りだけ、依田が北町奉行になる以前からつながりを持っていた。

何がきっかけで知り合い、どのような間柄なのか。

詳しいことは早見たちも知らない。

ただならぬ仲らしいのは察しも付くが、詮索《せんさく》するのは野暮というもの。

何も不満があるわけではなかった。

彩香は女の身ながら、か弱いどころか腕が立ち、度胸もいい。今宵の始末でも助平おやじを油断させるために肌身を晒す、大胆な役目を買って出てくれた。

影の御用仲間としては、十分すぎるほど頼りになる。

少々付き合いが悪かろうと、そんなことは構うまい。

左様に割り切ってはいるのだが、些《いささ》か心配したくなるのは人情というもの。

夜道を急ぎながら、三人は声を低めて語り合った。

「今年で三十三になるそうだ。へへっ、三十させごろってやつだな」

「ははは、お奉行がちとうらやましいな」

「下品だぞ、おぬしたち」

小関と早見の軽口に、すかさず神谷が突っ込む。

「いいじゃねぇか、十郎」

早見はやんわり説き聞かせた。

「誰が見たってふるいつきたくなるような、いい女なのは間違いないさね。お前さんの馴染みにだって、あんな上玉はいないだろ」

「ううむ、それはそうだが」

否定しきれず、神谷はしぶしぶ早見に頷き返す。

言うことはいちいち堅いが、朴念仁《ぼくねんじん》というわけではない。他の二人とは違って独り身で、影の御用に就く以前は奉行所勤めの不満を募らせて、岡場所通いに精を出していたこともあった。

たしかに、神谷の目にも彩香は非の打ち所がない女人《にょにん》と映る。

男ならば誰であれ、独占せずにいられぬはずだ。

それでいて、なぜか女の幸せというものを望んでいない節があった。

そうでなければ、進んで影の御用になど加わるはずがあるまい。

早見たちが体を張って戦えるのは、男の気概があればこそ。

公には為し得ない、大義を為すことには誇りも持てる。

だが、何も彩香が同じ真似をせずともよいではないか。

医者としての腕前も折紙付きで、近頃は江戸市中に蔓延《まんえん》しつつある、はしかの治療で毎日忙しい。そんな最中に時間を割き、悪党退治に関わっているのだ。

一体、彼女は何がしたいのか。

「まぁ、腹が据わってんのは間違いあるめぇ」

しみじみと小関が言った。

「どういう経緯で知り合ったのか分からねぇが、お奉行も納得ずくで付き合っていなさるみてぇだし、手前《てめぇ》の女だろうと贔屓《ひいき》はなさらねぇ。そうでなけりゃ今宵の御用でだって、平田屋の相手なんぞをさせるはずがねぇからなぁ」

「そりゃそうだ。俺だったら、引っぱたいてでも止めるだろうよ」

と早見。

神谷も異を唱えることなく、黙って二人の後に続く。

夜が粛々《しゅくしゅく》と更けてゆく。

三人は小関家の前まで来た。

町奉行所に勤める与力と同心は、八丁堀の一帯に設けられた組屋敷と呼ばれる官舎で家族と共に住んでいる。

同じ北町で隠密廻の小関と神谷は、暮らす屋敷も隣同士。

神谷の亡き両親も、小関の一家とは家族ぐるみの付き合いだった。

「ただいま帰りましたよ、敏江《としえ》さん」

「まぁ、皆さんもご一緒でいらしたのですか」

「すみませんねぇ。また汁粉をご馳走になりたくなっちまって」

玄関まで出てきた敏江に、早見は頭を搔《か》きながら答える。

その大きな体の後ろから顔を出し、神谷も恐縮した様子で言った。

「申し訳ございらぬ敏江どの。食事は仕事の前に済ませました故、どうかお気遣いなきように願いまする」

「いいんですよ十郎さん、そんな他人行儀な口を利かなくても」

明るく微笑み、敏江は三人を迎え入れた。

「へっ、やっぱりお前さんがたが来てくれると愛想もいいなぁ……」

座敷に腰を落ち着けた小関は、奥の台所に向かう敏江を笑顔で見送る。

当年四十六歳の敏江は家付き娘で、二十四年前に迎えた婿より二つ下。小柄で痩せていて目ばかり大きいが料理は上手く、大食いで間食も欲しがる夫のために餅やあんこを切らさぬようにしている。このところ江戸では小豆《あずき》が品薄だったが買い置きは山ほどあるので、当分の間は心配なかった。

台所に立った敏江は釜に湯を沸かし、作り置きのつぶあんを溶かし込む。甘みを引き立てる塩も忘れず振り入れ、ぐつぐつ煮えてくるのを待つ。

その間に白玉粉を練り、小ぶりの団子をこしらえる。

江戸の汁粉は餅の代わりに、白玉団子を入れることも多い。大食いの小関は餅入りを好むが、若い二人はこちらのほうがいいだろう。

「ふふふ……神谷さまをうちの人のような太鼓腹にさせてしもうては、せっかくの男前が台なしですからねぇ……」

ひとりごちながら汁粉を作る、敏江の表情は明るい。

すでに三つの塗り椀が用意され、脚付きのお膳の上に置かれていた。

二つの椀にはたっぷりと、残る一つにはほんの少々、湯気の立つ汁粉を塗り椀に注ぎ分け、残りは土鍋に移す。

お膳に続いて部屋に運び、火鉢の五徳に掛けておくのである。

汁粉など好まぬ神谷はともかく、甘いものに目のない早見と大食いの夫は一椀で足りはしない。まして餅の代わりに白玉団子では、五杯ずつは軽いはず。

ひっきりなしにお代わりを注いでほしいと呼び出されるより、まとめて運んでおいたほうが手間いらずというものだ。

「皆さまお待たせしました、今日のお汁粉は白玉入りでございますよ」

「すまないな、敏江さん」

重ねて運ばれたお膳を小関は受け取り、早見と神谷の前に並べる。

「さぁ、存分にやってくんな」

小関の一声を合図に、早見は笑顔で箸を取った。

「へっへっへっ、美味《うま》そうだなぁ」

「それがしは茶のみ頂戴いたす……」

つぶやきながら、神谷は自分の汁粉を早見の膳にそっと置く。

人を殺すような手合いには、まったく見えない。

その点は彩香と新平、与七も同様である。

表と裏を使い分け、おくびにも出さない。

斯《か》くも割り切ることができずして、影の御用など務まるまい。

そんな彼ら彼女らの働きの甲斐《かい》あって、江戸は今宵も平和だった。

二

町奉行は御用繁多《はんた》な役職だ。

南北の二名による月番制になってはいるが、非番といっても新たな訴えを受け付けないだけのこと。前の月に解決できなかった事件は配下の与力と同心に継続して調べを進めさせ、奉行自身も毎朝決まった時間に登城し、老中からあれこれ諮問を受けなくてはならず、まことに忙しい。

そういう次第で、南も北も苦労が絶えない町奉行だが、北町奉行の依田和泉守政次にはもう一つ、誰も知らない影の御用がある。

将軍の刺客となって悪を討つ、暗殺奉行としての使命が――。


今日も依田は麻裃に身を固め、長い廊下を神妙な顔で渡り行く。

向かう先は江戸城中奥。

征夷大将軍が君臨する、本丸御殿の中枢だ。

この城のあるじにして武家の棟梁である当代の将軍は、九代徳川家重《とくがわいえしげ》公。

在りし日に名君と謳《うた》われた、八代吉宗《よしむね》公の長男だ。

家重公は亡き父が密かに行っていた影の御用を受け継ぎ、表立って罰することのできない悪を成敗させている。

その実行役に選ばれたのが、北町奉行の依田政次。

かつては吉宗公の下においても、命じられていたことである。

まさか五十の坂を越えて再び任されるとは思っていなかったが、主君の命《めい》には従うより他にないのが武家の掟。まして相手は将軍なのだ。

そこで依田は町奉行となったのを幸いに、配下の与力と同心から凄腕《すごうで》の三人を選び出し、悪党退治の実行役を命じた。

吟味方与力の早見兵馬。隠密廻同心の小関孫兵衛と神谷十郎。

いずれも役目がら、奉行と直《じか》に話をしても怪しまれぬ面々だ。

剛剣を振るう早見と柔術遣いの小関、手裏剣の名手で剣の腕も立つ神谷に補佐役の彩香と与七、新平と合わせて六人の男女を、依田は密かに束ねていた。

暗殺奉行への密命は、依田が直々に承る。

と言っても、将軍から直に声をかけられるわけではない。

小賢《こざか》しい御側御用取次《おそばごようとりつぎ》が、いつも間に入るからだ。

その日も田沼《たぬま》は偉そうに顎を上げ、控えの間にて依田を迎えた。

「大儀でありますな、和泉守さま」

「左様。躬共《みども》は大義を為しておる所存ぞ」

「字が違いますぞ。それがしは貴殿の労を……」

「貴公に労《ねぎろ》うてもらうには及ばぬ故、上様に疾《と》くお目通りを願おうか」

田沼に素っ気ない態度を取るのは、依田に限ったことではなかった。

田沼主殿頭《とのものかみ》意次《おきつぐ》は当年三十五歳。

五十一歳の依田と同じ、二千石取りの直参旗本であった。

御側衆とも呼ばれる御側御用取次は秘書官として、将軍を補佐する役職。

秘書といっても身の回りの世話は小姓や小納戸《こなんど》ら軽輩に専《もっぱ》ら任せ、自身は将軍と幕閣のお歴々の間に立って、政務のみを取り仕切る。

その立場は強く、幕政の現場を支える老中にも対等に意見ができるほどの権限を有している。

田沼は若年ながら、万事に抜かりのない男。

気難しい家重公のお気に入りとなって久しく、容姿端麗で弁舌さわやかなため大奥の支持も厚い。そんな人気に後押しされて近年は増長する一方であり、周囲の人々、とりわけ昇進するため苦労を重ねた年配の旗本たちから見れば、まことに鼻持ちならぬ若造だった。

しかし、依田は逆らうわけにいかなかった。

田沼は家重公と言葉を交わすときに欠かせない、通訳だからである。

通常の政務の伝達は家重公の小姓あがりで、今や御側衆一の実力者である大岡《おおおか》出雲守忠光《いずものかみただみつ》が抜かりなく監督しているが、影の御用を伝える役目は田沼のみ。他ならぬ家重公が決めたことだ。

その家重公は、先に御用之間に入っていた。

将軍が日中の大半を過ごす中奥には御座《ござ》之間と御休息之間、御小《お》座《こ》敷、そして御用之間と、大きく分けて四つの部屋がある。

登城した大名や旗本が拝謁する御座之間も、将軍の執務と休憩の場を兼ねた御休息之間もそれぞれ広いが、他の二部屋はこぢんまりしている。

とりわけ御用之間は狭く、間取りはわずか四畳半。

調度品も黒塗りの御用簞笥《だんす》と書き物用の机が置かれているのみで、将軍が独りで過ごすための空間となっていた。

「失礼をつかまつりまする」

「御免」

前後して入ってきた田沼と依田を、家重公は笑顔で迎えた。

宝暦《ほうれき》三年（一七五三）の今年で四十三歳になる家重公だが、そんな歳とは思えぬほど無邪気であり、鼻筋が通った面長の顔は品がいい。

おっとりしていて発する言葉こそ聞き取りにくいが、自分の意思というものをしっかり持っており、意見されても引かない頑固さも備えていた。

その頑固さの顕《あらわ》れの最たるものが、依田に命じている影の御用。

欲が強く、更に出世を遂げたい田沼にしてみれば、御法破りの悪党退治になど加担したくないのが本音だった。

こんなことが発覚すれば、老中も若年寄も見逃すまい。

もちろん将軍を咎《とが》めるわけにはいかないだろうが、依田と田沼が二人して責任を取らされるのは必定。

だが田沼としては、断じて巻き込まれたくはなかった。

悪党退治など一文の得にもならぬどころか、事を為すたびに報酬を御下賜金《ごかしきん》として与えなくてはならない。御金蔵《ごきんぞう》に足を運び、小判を引き出す理由をいちいちでっちあげるのも面倒なことだった。

しかし、家重公は何を言っても聞く耳を持ちはしない。

政務については大岡と田沼に任せきりだが、この春から始めさせた影の御用に限っては頑として意思を曲げず、依田に続行させている。

そんな将軍が新たに命じた始末の的は、日本橋に大店《おおだな》を構える豪商だった。

「摂津屋勘蔵《せっつやかんぞう》……にござるか」

「左様。佃島《つくだじま》の漁師の倅《せがれ》で、勘当されて乾物の小売り商いから成り上がり、今や飛ぶ鳥を落とす勢いの分限者《ぶげんしゃ》となりし男ぞ」

依田に説明する田沼の顔は無表情。横に居る家重公から見えていないのをいいことに、先程から苦虫を嚙み潰したような顔をしている。

一方の家重公は、頭をぽりぽり掻いていた。

天下の征夷大将軍とはいえ、感心できない態度である。

悪党といえども、人であることに変わりはない。

その命を左右する話をしながら、頭を掻くとは何事か。

だが、何もふざけているわけではなかった。

家重公はいつも月代《さかやき》を剃らずにいる。

そのため髪が伸びて頭皮が蒸れ、痒《かゆ》くて仕方ないのだ。

まだ隠居もしていない身、まして武家の棟梁にしては由々しきことだが、髪を結うのも顔に剃刀《かみそり》を当てるのも嫌がるのは、将軍職を継ぐ前の若君だった頃から変わらぬ習慣。髭《ひげ》だけは毎朝なだめすかして剃っているが、鬢《びん》付け油は嫌がって受け付けないため、頭はいつもぼさぼさにしておかざるを得なかった。

そんな家重公も病知らずなのは幸いだが、このところ長男の家治《いえはる》の具合が余り良くない。昨年の疱瘡《ほうそう》こそ大事に至らずに済んだものの、案じられるのは幼時に罹患《りかん》していない、はしかにかかることだった。

日《ひ》の本《もと》における深刻な伝染病といえば、疱瘡とはしかである。

とりわけ今年の四月以降、はしかが江戸市中で猛威を振るっていた。

俗に疱瘡は見目《みめ》定め、はしかは命定めと言われる。

大人がかかった場合は致死率が高く、すでに多くの命が失われている。

こたびの始末の的に挙げられた摂津屋勘蔵は、そんな深刻な病の流行《はやり》に乗じて暴利を得ていた。

「はしかの療治に欠かせぬ諸色《しょしき》の値を不当に吊り上げ、貧しき者は病んで死ねと言わんばかりに利をむさぼりし、摂津屋のやり方は目に余る。されど強いて捕えたならば黙っておらず、数多《あまた》の役人に袖の下を握らせ、便宜を図らせて参ったと口外いたすは必定。それでは公儀の恥となる故、もはや御法に依って裁くには及ばず、闇に葬れとの上様の仰せにござる」

「謹んで御意《ぎょい》を承りまする」

田沼の口を介して伝えられた家重公の言葉に、依田は深々と頭を下げた。

家重公は発する言葉こそ不明瞭だが、頭脳は明晰《めいせき》。

商人を法の下で裁くのが難しいことも、もとより承知していた。

依田が調べさせたところによると、摂津屋が抱き込んだ役人の数は少なくとも五十人を下るまい。

末端の小役人から老中辺りまで合わせた数とはいえ、余りにも多すぎる。

こんなことが世間に知れれば、市中の民が公儀に対する不信を募らせるのは目に見えている。

元凶の摂津屋には速やかに引導を渡し、流行り病に便乗した不当な商いを止めさせると同時に、口を封じなくてはなるまい。

家重公は、何も己の欲で事を命じたわけではなかった。

悪徳商人に懐柔された役人のことも、摂津屋の横暴に苦しめられている弱き民と同様に救いたいのだ。

賄賂《まいない》を受け取ったのだから自業自得と見なし、成敗してしまうのは容易《たやす》い。何も一人一人の命まで奪わずとも、汚職を働いた事実を触れ回れば今後の出世の途《みち》を断たれ、悪くすれば御役御免にまで追い込めるからだ。

しかし、家重公はそこまでするのを望まなかった。

陰で自分が暗君呼ばわりをされているのが分かっていながら、小役人から老中に至るまで、すべて見逃すと決めたのだ。

主君がそう望むからには、謹んで従うのみ。

「委細お任せくだされ。人の道を踏み外せし外道《げどう》の茶番に、しかと幕を下ろしてご覧に入れまする」

依田の答えを耳にして、家重公は嬉しそうに微笑んだ。

黙って横を向いていた田沼の肩をぱしっと叩き、耳元で何やらささやく。

「御意」

淡々と一礼し、田沼は依田に向き直った。

告げる口調は厳かだった。

「和泉守よ、家治のためにもよしなに頼むぞ……との仰せにござる」

「ははーっ」

依田は改めて頭を下げる。

やはり、家重公はただの暗君ではない。

摂津屋の横暴を許せぬ理由には、愛息への想いもあったのだ。

今年で十七歳になる家治はすでに元服も終え、当時としては立派な大人。

祖父に当たる吉宗公が晩年まで薫陶し、自ら手を取って文武両道を鍛えたため暗君とされている父と違って、周囲からの期待も高い。

先に見舞われた疱瘡は幸い軽く済み、子どもが罹患した場合とは違ってあばたが残ることもなかったが、もしも今後はしかにかかれば大ごとだ。はしかの治療に必要な、薬や食べ物が次期将軍に行き渡らぬほど不足するなど有り得ぬ話だが、世の親たちにそんな不安を抱かせること自体、家重公には許せぬのだ。

（仕損じてはなるまい……）

頭を下げたまま、依田は胸の内でつぶやく。

諸方から恨みを買っているだけに、摂津屋では用心棒を大勢抱えている。

とりわけ最近雇い入れた浪人は、ひとかどの剣客として鳴らした男らしい。

早見に任せておけば安心だろうが、依田も傍観したままではいられなかった。

（始末を付ける折には、儂《わし》も同行いたそうぞ）

そう思えば、年甲斐もなく血が騒ぐ依田だった。

三

町奉行が江戸城を後にするのは、おおむね昼八つ（午後二時）である。

老中が下城する時間帯と余り変わらないのは、呼び出されてあれこれと諮問を受けたり、書類を決裁してもらうためにかかる時が長いからだ。

今日もぎりぎりまで付き合わされ、依田はぐったり。

（ううむ、寄る年波かのう）

ようやく戻れた御用部屋は、南町奉行と同室である。

あちらも今月は月番だけに一層忙しいらしく、まだ戻っていなかった。

先に帰るわけにはいかない以上、待たねばなるまい。

「熱い茶を頼む。急ぐには及ばぬぞ」

茶坊主に申し付け、独りになった依田は大きく伸びをする。

と、部屋の襖《ふすま》がおもむろに開く。

入ってきた男は、依田と同じ麻裃。年恰好《としかっこう》も、よく似ている。

「お戻りでござったか、肥後守《ひごのかみ》どの」

依田が呼びかけた相手は、共に登城していた南町奉行だった。

山田《やまだ》肥後守利延《としのぶ》は当年五十二歳。町奉行の職に就いて今年で三年になる、依田から見れば格上の存在だ。

「貴殿も召し上がりますか」

「いや、結構。それより水入らずで話をしようぞ」

茶の追加を頼みかけたのを押しとどめ、山田は微笑みかけてくる。

柔和な表情に、依田も思わず笑みを誘われる。

「毎日お役目ご苦労にござるなぁ、和泉守どの」

「滅相もござらぬ。我らはご同役なれば、何ごともお互いさまかと」

「いやいや、それがしばかりが楽をさせてもろうて、貴公には相すまぬことだと常々思うておったのだ」

「何と仰せになられますか。御用繁多なのはご同様でありましょう」

「謙遜《けんそん》いたすには及ぶまい。貴公の精勤ぶりには、まことに頭が下がる思いぞ」

「はぁ」

依田は少し気色《けしき》ばんだ。

山田の態度は、相も変わらず穏やかそのもの。

それでいて、どこか言い方がおかしい。

気遣ってくれているにしては険があるのだ。

慇懃《いんぎん》無礼《ぶれい》というのとは、また違う。

何かを知っているくせに、敢えて口にはせずにいる。

そんな印象を与えられる言い方だった。

しかも二人きりなのに妙に声まで潜めて、一体、何が言いたいのか。

有り得ぬことだが、まさか影の御用に気付いたのでは——。

依田の抱いた不安は的中した。

「くれぐれも知られぬように気を付けることだの、和泉守どの」

「何でござるか」

「貴公が上様の密命を奉じておるのは、かねてより承知の上ぞ」

「は？」

「この春より仰せつかりし暗殺奉行の影御用、まことに大儀なことであるな」

「……」

依田は無言で視線を返す。

山田は身じろぎもせずに、鋭い視線を受け止めた。

「ふっ、そう怒るな」

微笑む顔はあくまで柔和。

それでいて、続く一言は剣呑《けんのん》であった。

「影とは申せど、大したお役目にありついたものだ」

「……………」

「ははは、そうは思うておらぬのか」

答えぬ依田に、山田は滔々《とうとう》と語りかけた。

「よう考えてみるがいい。貴公は上様のお墨付きの下、あらゆる者を処断いたす力を持っておるのだぞ。それに仰せに従うばかりが能ではあるまい。気に食わぬ者が居《お》れば有りもせぬ悪事をでっち上げ、誰それは許しがたき所業に及んでおりまするとまことしやかに讒言《ざんげん》いたさば、上様もその気になられて始末をお命じになられるはず。つまりはご老中、若年寄といえども、貴公の胸先三寸で生き死にを左右できるという次第よ。いやはや、まことに大した力ぞ。願わくばそれがしも仰せつかりたいものだ」

何と恐ろしいことを、しかも真顔で言えるのか。

山田の口調は陽気にして、あくまで穏やか。

居丈高《いたけだか》ではないだけに、かえって底知れぬ不気味さを感じさせた。

そもそも、なぜ影の御用を知っているのか。
（こやつ、いつの間に見抜きおったか）
この場で問い質《ただ》したいところだったが、そうもいかなかった。
「お待たせいたしました」
のんびりした声と共に、茶坊主が湯気の立つ碗を持ってきたのだ。
山田はおもむろに手を伸ばし、茶碗を取る。
「頂戴いたすぞ、和泉守どの」
答えを聞く前に蓋を取り、微笑みながら口を付ける。
先程は所望しなかったくせに、どういうことか。
これはもしや、影の御用も横取りしたいという意思の顕れなのか。
依田は黙したまま動けない。
大胆不敵な挑発に対し、抗する策を見出しかねていた。

そんな最中も江戸市中において、はしかが猛威を振るっていた。
被害が続出する中、彩香は治療に追われている。
浜町河岸の診療所では患者が途切れず、往診するのもままならない。いつもは彩香が足を運ぶ患家の人々も、ここ数日は自ら赴かざるを得ずにいた。

息子をおんぶして駆け付けた早見兵馬も、そんな患家の一つだった。

「あついよう、くるしいよう」

「しっかりしねぇかい、辰馬《たつま》。よし、よし」

順番を待ちながら、早見は懸命に息子をあやした。

大きな目とぽっちゃりした体付きが愛らしい、一人息子は当年五歳。

いつも元気一杯で、体調を崩すことなど滅多にない。

やはり流行りのはしかなのか、それとも他の大病なのか。心配すればするほど放っておけず、月番ではないのを幸いに奉行所を休んで、自ら診療所まで連れてきたのだ。

子煩悩な早見にとって、辰馬は何物にも代え難い宝。

そうは言っても、順番は守らなくてはならなかった。

仕舞屋《しもたや》に手を加えた診療所は、奥の部屋が処置室になっている。待合所は手前の広い板の間で、今日も患者が土間まで溢《あふ》れかえっていた。

できることなら御用風を吹かせ、先に息子を診てもらいたい。

しかし町方役人とは本来、民に範を示す立場である。

息子にとっても手本でありたい以上、いらつく顔も見せたくはなかった。

焦りを抑えて待つうちに、ようやく番が回ってくる。

「お願いしますぜ、先生」

「承知しました早見さま。どうぞあちらでお待ちくださいまし」

詰め寄る早見の勢いを、彩香はさらりと受け流した。

「おいおい、親が側に付いてちゃいけねぇってのかい」

「当たり前でございましょう。坊やが落ち着かぬではありませぬか」

答える口調は、あくまで冷静。やっていることが違うだけで、落ち着いた態度は悪党退治をしているときとまったく変わらなかった。

うるさい早見を待合所に下がらせ、彩香は速やかに診察を始める。

手際がいいだけではなく、医者嫌いな子供への気遣いも忘れていない。

「大丈夫、大丈夫、何も怖くはありませぬよ」

絶えず呼びかける声は優しく、ちいさな体を触診する手付きも丁寧《ていねい》そのもの。

「やだ、やだ」

「わかりました。それでは少し、お話をしましょうか」

はしかの症状を確かめるため口の中を診るのを嫌がられても、無理にこじ開けようとはしなかった。

「坊やのお父さまは、とてもお強いお方なのですね」

「ちちうえをしってるの、せんせい」

「もちろんですとも。北の早見兵馬さまといえば、お奉行所で一番の剣の遣い手なのですから」

「いちばんなの？　すごいんだねぇ」

「そうですよ。ですから坊やも、このぐらい嫌がってはなりませぬ。お鼻から息をしていれば苦しくはありませぬから、ちょっとだけご辛抱なさい」

「わかったよ、せんせい」

こくりと辰馬はうなずき返し、まるい頰を引き締めて目をつぶる。

鼻から息をし始めると、余計な力が自然に抜けた。

「そのまま、そのまま」

語りかけつつ、そっと彩香は頰に触れる。

今度は口の中をじっくり診られても、辰馬は暴れ出そうとはしなかった。

診察が終わると同時に、早見が処置室に入ってきた。

「うちの倅は大丈夫かい、先生」

彩香が診察の手など抜いていないのは、もとより承知の上だった。

それでも念を押したくなるのが、親心というものだ。

幸いにも、辰馬の病状はそれほど重くはないらしい。

「早見さまの一念が通じたのでありましょう。じきにお熱も下がりますから坊やが欲しがるものを何でも好きなだけ、食べさせてあげてくださいまし」

「おいおい、何でもいいってことはねぇだろうが」

早見が気色ばんだのは、厳しい食餌《しょくじ》療法が念頭にあればこそ。はしかには食べさせてはならないものが数多く、早見自身も幼い頃にはそうされた覚えがある。

しかし、彩香はそんなことを意に介してはいなかった。

「お聞きくだされ、早見さま」

足元をちょろちょろしている辰馬に聞こえぬよう、声を低めて早見に告げる。

「大きな声では申せませぬが、はしかも疱瘡も、世間で流布《るふ》しておるのはただの迷信にすぎませぬ。それより休養と食事をしっかり摂《と》らせ、体に力が湧き起こるよう手伝いをすることこそが肝要なのです」

「それじゃ先生、はしかに効くって世間で言われてるもんを、あれこれ買い漁《あさ》ることはないってのかい？」

「そういうことです。無用な散財をなさることはありませぬよ」

語りかける彩香の口調は、あくまで落ち着いたものであった。

しかし、早見は気もそぞろ。

「ううん、そんなこと言われてもなぁ……」

自分たちが生まれる前から行われていた、さまざまな慣習には効き目など有りはしないと告げられて、混乱せずにいられなかった。

息子の次は、父親を落ち着かせなくてはならないらしい。

辰馬がいたずらをしないように手を繋《つな》ぎつつ、彩香は言った。

「よろしいですか早見さま。何も馬の足洗い桶など持ち出しておつむにかぶせずとも、坊やの熱は必ず下がりまする。口中の発疹もいずれはなくなり、かゆみも治まりましょう。早見さまがご幼少のみぎりも、そうだったはずですよ」

「それはそうだが、神送りはどうなんだい」

「あれもただの迷信ですよ。やはり大きな声では申せませぬが」

「それにしちゃ、みんな張り切ってやってるじゃねぇか」

「ならば、お祭りのようなものと思うてくだされ」

「祭りだと？」

「病は気からと申すでありましょう。はしかも疱瘡も、神送りはお神輿《みこし》を担いで練り歩くのによう似ております故、自ずと景気が付きまする。それに隣近所で病にかからぬように気を配り、助け合うきっかけにもなりましょう」

「成る程なぁ。そういうことかい」

ようやく得心した様子で早見は笑った。

しかし、安堵《あんど》してばかりもいられない。

彩香の受け持つ患者たちは、まだ恵まれているほうだった。

碌《ろく》に医者にかかることもできず、はしかで死んでいく者がむしろ多いのだ。

はしかが招いた市中の惨状が目も当てられないのは、奉行所では内勤の早見も重々承知の上である。隠密廻同心の小関と神谷に至っては、一層ひどい光景を目の当たりにしているのだろう。

「どこもかしこも亡骸《なきがら》だらけで、坊主も墓掘りも間に合わないそうだ。もちろん棺桶《かんおけ》屋もな」

早見は憤懣《ふんまん》やるかたない様子で言った。

「風が吹けば桶屋が儲かるって言うけどよ、流行り病で一番得をしてやがるのは坊主や棺桶屋じゃねぇ。江戸のみんなが先生の言いなさる迷信を信じ込んでいるのに付け込んで、干瓢《かんぴょう》や小豆の値を吊り上げてる摂津屋の野郎だよ」

「薬種問屋もひどいですよ、早見さま」

「また薬の値が上がったのかい？」

「まことに困っておりまする。本郷まで出向いても品切ればかりで」

いつも冷静な彩香も、昨今の薬不足には悩まずにいられなかった。

このところ滞りがちなのは、薬品だけとは違う。

はしかに効くとされる干瓢や小豆、素麺《そうめん》などに限らず、食品全般の値が上がる一方で、病人もその家族も、満足な栄養を得られずにいた。

何ごとも、不当な買い占めのせいである。

このままでは、犠牲者は増えるばかりだ。

「ふざけやがって、摂津屋め……」

世の中には苦労人のはずなのに弱者をまったく顧《かえり》みず、むしろ食いものにする手合いが少なくない。摂津屋のあるじの勘蔵は、そんな輩《やから》の一人だった。

放蕩《ほうとう》が過ぎて親に勘当され、心を入れ替えてコツコツ努力し、日本橋に大店《おおだな》を構えるに至った人物でありながらまったく立派とは思えない。

とりわけ許しがたいのは、不幸な子どもを平気で見殺しにしていることだ。公費ではすべてを賄いきれぬため、江戸では捨て子を保護し、引き取り手を探してやるのに町の分限者の助けが要る。ところが勘蔵は率先して支援するどころか、捨て子や迷子を最初に保護する番所の費えの割り当てさえ渋り、町内で行き場のない子どもたちがはしかにかかっていても、薬や食べ物を提供したことなど一度もない。

欲の皮を突っ張らせるにも、程があろう。

子を持つ身として、早見は憤らずにいられなかった。

と、辰馬が黄色い声を張り上げた。

「あっ、おにいちゃん！」

処置室の引き戸が開き、新平がひょいと顔を覗かせたのだ。

「何だ新の字、お前さん来てたのかい」

「はい。おふゆがはしかにかかっちまったみたいで、連れて来たんですよ。そしたら旦那と辰馬坊ちゃんのお声が聞こえたもんで」

「そいつぁ大変だったなぁ。で、あの娘はどうしたんだ？」

「旦那がいらしてるって分かったもんで、逃げ帰っちまいました。腫《は》れぼったい顔なんか、恥ずかしくて見せられないって」

「何でえ、病《やまい》なんだから見てくれなんか気にしなくたっていいのによぉ……とこ ろで、どうしてお前さんにはそんな顔を見せても平気だったんだい」

「まぁ、そこが幼馴染みの気安さってやつですよ」

気のいい笑みを返しながら、新平は入って来る。

「久しぶりですねぇ坊ちゃん。また大きくなったんじゃないですか」

「うん、はしらのきずがまたふえたんだよ」

新平と辰馬が仲良しなのは、妻の鶴子《つるこ》が八州屋《はっしゅうや》を贔屓にしており、いつも買い物に出かけていればこそ。幼子《おさなご》を連れていても嫌がられるどころか、隅の一角で手すきの奉公人が子守りをしてくれるので安心なのだ。若旦那の新平も店に居るときは進んで手伝い、辰馬とも馴染んで久しかった。

いつも良くしてくれる新平には、早見も常々感謝している。

だが、今日ばかりは怒りをぶつけずにいられなかった。

「おい新の字。お前さんの力で摂津屋をどうにかできねぇのかい」

「無茶を言わないでくださいよ、早見さま」

さすがの新平も困った顔をするしかない。

捕物好きが高じて岡っ引きになった新平の実家は、江戸でも屈指の呉服商。店は姉夫婦が継いでくれているので心配なく、年を取ってから授かった息子の新平を溺愛《できあい》する父の勢蔵《せいぞう》もまだまだ健在。必要な金は幾らでも用立ててくれる。

しかし、商人の世界にも縄張りというものがある。

摂津屋が扱う品々は、呉服とは別のものばかり。

日本橋で一、二を争う豪商の八州屋といえども、畑違いの商いに口出しはできかねる。大抵のことなら金の力で解決できる新平も、こたびばかりは迂闊《うかつ》に手を出すわけにはいかなかった。

「仕方あるめぇ、一丁かましてやるか……」

ざわつく怒りを早見は抑えきれなかった。


辰馬を屋敷に送り届けた後、早見は憤然と日本橋に向かった。

摂津屋が店を構えているのは、日本橋通りの一等地。

元は乾物売りの行商人だっただけに、大した出世と言えよう。

「邪魔するぜ」

店に乗り込んだ早見は、そんな豪商に何の敬意も抱いていなかった。汚いやり方でのし上がった輩《やから》など、糞《くそ》喰らえである。常々そう思っていればこそ早見は袖の下を受け取らず、何のためであれ職権を濫用することをしないのだ。

「いらっしゃいまし」

応対に出てきたのは中年の番頭。

小太りで腰も低く、顔はにこにこしているが目はまったく笑っていない。油断のできぬ手合いである。

この番頭は、内輪の仕切りも完璧らしい。

「何をしているんだい？　こんなことで手を休めるんじゃないよ」

ほんの一言告げただけで、手代と小僧たちがすぐさま作業を再開する。早見に睨《にら》み付けられ、その場で動けなくなってしまっていたのが嘘のようであった。

町奉行所の与力より、番頭のほうが遥かに上。

彼らの中では、そういうことなのだろう。

舐められたままでいてはなるまい。

じろりと番頭を睨み付け、早見は言った。

「北町の早見兵馬だ」

「存じ上げておりますよ。剣を取っては大したお腕前とか」

実のところは賄賂を一切受け付けない、堅物と馬鹿にしているのだろう。

陰で何を言われようとも構うまい。

にこりともせず、早見は続けて呼びかける。

「おべんちゃらはいらねぇよ。俺のことを知ってんのなら話は早《はえ》え。お前さんのあるじを出してくんねぇか」

「は？」

「勘蔵を呼べって言ってんだよ。早くしろい」

下《した》っ端《ぱ》を相手にしてはいられない。

こちらは直談判をするつもりで足を運んだのだ。

しかし、敵もさる者だった。

引っ込んだ番頭の代わりに出てきたのは、目付きの鋭い浪人者。

派手な着流しの裾からは、女物の長襦袢をちらりと覗かせている。それでいて足の運びは安定しており、並より長い大小を帯びた腰も据わっていた。

「お前さんかい、摂津屋の新しい番犬ってのは」

「ほざくな、木《こ》っ端《ぱ》役人が」

早見の先制を軽くいなし、浪人は不気味に笑う。

乾《いぬい》達人《たつひと》、二十八歳。抜刀術の名手と評判の剣客である。

元は西国の大名に仕えていたらしいが、詳しい素性は分からない。伸びた月代と着流し姿が板についていることから察するに、浪々の暮らしが長いのだろう。

江戸にはごろごろ居る食い詰め浪人だが、この乾は見せかけだけの手合いではないらしかった。

「止《や》めておけ、木っ端役人」

早見が店に上がろうとするや、ずいと行く手を阻む。

「俺はこれでも、国許では主君の側近くに仕えた身ぞ。町方御用のうぬ如きとは格が違うわ」

「てやんでぇ、今はただの浪人じゃねぇか」

「ふっ、好きで禄を離れたのが悪いか」

「どうだかな。実のところは暇を出されたんだろ」

「ははは。怒らせて機先を制するつもりならば、止めておけい」

乾は不敵に笑って言った。

「うぬ如きの挑発に乗るほど俺は甘《あも》うはないぞ。胆《たん》の錬りが違う故な」

「野郎っ」

早見は刀に手を掛けた。

刹那《せつな》、鋭い金属音。

キーン。

「くそっ……」

受けに回っていたのは早見だった。後《ご》の先《せん》を取られたのである。

こちらが先手を打ったはずなのに、何という抜き打ちの速さなのか。

「よくぞ止めたな。褒めてやろう」

乾は居丈高に告げながら、ぐいと刀を押し返す。腕力も大したものだった。

「くっ……」

耐える早見の顔には脂汗。

その顔をにやりと見返し、乾は言った。

「帰るならば今のうちぞ、木っ端役人」

ふざけた男だが、大口を叩くだけのことはある。

合わせた刃を打っ外《ぱず》し、間合いを取り直して斬り合っても、技量は同等。

あるいは乾のほうが上かもしれない。

それに店の中ならばともかく、往来で斬り合えば町方与力の立場に障る。

ここは自重せざるを得なかった。

まして、今の早見は影の御用を承る立場なのだ。

以前の如く無茶をしすぎて、万が一のことがあってはまずい。

早見は黙って刀を納める。

「ははは、それでいいのだ」

嵩《かさ》にかかって、乾は笑い声を上げる。

「まこと飼い犬とは哀れなものだな。思うところがあろうと何も言えず、腹ふくるるばかりで身が持つまい。どうだ？　おぬしも官仕えを辞めて摂津屋の用心棒になりたくば、俺がいつでも口を利いてやるぞ」

「……………」

早見は無言で背を向ける。

どれほど口惜しくても、今は黙って引き下がるより他になかった。

第二章　増える強敵

一

早見兵馬が日本橋の通りを歩いて行く。
きらめく陽光が、やけにまぶしい。
（くそっ、俺としたことが……）
早見の胸の内は、乾達人に機先を制された悔しさで一杯だった。
用心棒如きにしてやられ、情けなくてたまらない。
だが、上には上があるのが世の常。
自分より腕の立つ者など、広い日《ひ》の本《もと》には幾らでも居るに違いない。
その一人が、たまたま悪党の手先だったということだ。

それにしても口惜《くちお》しい。

相手が善人であれば、負けても嫌な気にはならなかっただろう。

しかし、乾は人を斬るのを何とも思わぬ男。

なればこそ、力が及ばなかった自分に腹が立つ。

早見と渡り合いながら目をぎらつかせ、嗜虐《しぎゃく》の笑みを浮かべていたことから察するに、あの男が幾人も手に掛けているのは間違いない。

しかも、あれは人を殺すことを楽しむ質《たち》だ。

（末吉《すえよし》め、あんな野郎を今まで野放しにしていやがったのか……）

胸の内で毒づいた相手は、過日に引導を渡した北町奉行所の古参与力。

前任の奉行の目を盗んで奉行所内を牛耳《ぎゅうじ》っており、悪党でも金さえ差し出せば罪に問わず、逆に貧しければ無実であっても咎人《とがにん》に仕立て上げる、不当な裁きを繰り返していたものだ。かねてより黒い噂の絶えなかった摂津屋がこれまで取り締まられず、今もはしかの流行に乗じて荒稼ぎをしていられるのも、亡き末吉が見逃していたからなのだ。

このまま放置しておけば、迷惑を被《こうむ》る者は増えるばかりだ。

刃向かう者が出てくれれば、乾が密かに始末をしているのだろう。

あの様子では刀を血塗らせた後で気が咎めたり、外道《げどう》でも死ねば仏と見なして祈りを捧げたりすることなど、まず有り得まい。

同じ人斬りでも、早見とは違うのだ。

そもそも武芸を学ぶ目的を履き違え、己の心身を鍛えて御することなく、人を痛め付ける術技さえ会得できればいいとしか考えてこなかった、許されざる輩《やから》の典型だった。

あんな男を、野放しにしておいていいはずがない。

影の御用さえ命じられれば、この手で斬り捨ててやりたかった。

だが、口惜しいことに乾は強い。

早見の腕を以てしても、あの抜刀の速さには太刀打ちできまい。

いざ対決することになったとき、果たしてどうすればいいのだろうか――。

「くっ……」

たまらずに早見は立ち止まった。

そのとたん、どんと誰かが背中にぶつかってきた。

何と無礼な奴かと思いきや、後ろから聞こえてきたのは与七のささやく声。

「しっかりしなせぇ、旦那」

「与七……」

「あっしがその気なら、今の旦那は目ぇつぶってても刺せましたよ」

小声で語りかける口調は淡々としていた。

「物騒なことを言うんじゃねぇよ。ここは天下の往来だぜ」

「その往来をフラフラ歩きなさるのも、不用心じゃねぇんですかい」

ムッとする早見に負けず、与七は言った。

口調は無頼漢めいていても、身なりはまとも。大店《おおだな》で働く手代らしく前掛けをきちんと締め、お仕着せの着物を折り目正しくまとっている。

与七が奉公する八州屋が在るのは、摂津屋と同じ日本橋の一等地。たまたま店先に通りかかり、先程の騒ぎを暖簾《のれん》越しに見られたとしても不思議ではなかったが、いつもの与七ならばいちいち声などかけてはこないはず。

知り合いでも町人が往来で武士に馴れ馴れしく接するのは無礼であるし、人に明かせぬ影の御用でつながりを持つ身となれば尚のこと、表向きはよそよそしく振る舞うべきだからだ。

そんなことなど百も承知の与七がわざと背中にぶつかったのは、尾行者の存在を早見に知らせるためであった。

「摂津屋と何かあったんですかい、旦那ぁ」

「な、何を言ってんだい」

早見はごまかそうとした。

怒りに駆られて乗り込んで、あっさり追い返されたとは知られたくない。

しかし、与七は執拗《しつよう》だった。

「だったらどうして、あの店の用心棒に尾《つ》けられてなさるんです?」

「用心棒だと」

早見は慌てて視線を巡らせる。

通りの向こうに乾達人が立ち、苛立《いらだ》った様子でこちらを見ていた。

「む……」

早見は表情を強張《こわば》らせずにはいられなかった。

乾は後を追ってきて、痛め付けるつもりだったのだ。

こちらの動きを警戒し、裏を取るために尾行をさせるだけならば、店の手代か小僧でも使えばいい。

わざわざ自ら乗り出したのは人気が絶えたところで早見を襲い、摂津屋の買い占めに難癖を付けられぬように、釘を刺すのが狙いに違いなかった。

しかし与七に割り込まれ、歩みを止められてしまってはどうにもならない。

「へっ、やっぱり何かあったんでしょう」

「……お前さんには関わりのねぇこった」

「そんなこと言ってなさるが、顔色が悪いですぜ」

「な、何だと」

「ま、あの凄腕《すごうで》に目を付けられたんじゃ無理もありますまい」

フッと与七は苦笑した。

「何があったか存じませんが、相手が悪いや。旦那ぁ、この場は三十六計を決め込みなすったほうがいいですぜ」

どうやら摂津屋での一幕までは知らないらしい。

つまり実際にやり合う現場を見るまでもなく、乾は強いと言っているのだ。

見くびられたものである。

これでは早見も意地を張らずにいられなかった。

「何を言いやがる。用心棒如きが何だってんだい」

「それじゃ旦那、あの浪人と本気でやり合うつもりですかい」

「降りかかった火の粉なら、払うしかねぇだろう」

「お止《よ》しなせぇ。幾ら旦那でも、あいつは手に負えませんぜ」

「おい、俺を見くびってんのか」

「そんなつもりはありやせん。意地を張んなさるのは結構ですが、時と場合をお選びなせぇと言ってるだけでさ」

「……」

早見は気まずく黙り込む。

与七がこちらを案じてくれているのは明らかだった。

潔く勧めに従うべきだろうが、今さら引っ込みがつかない。

と、与七が思わぬことを言い出した。

「ねぇ旦那。ちょいと怒った振りをして、あっしを締め上げちゃくれませんか」

「な、何をさせようってんだい」

「いいから、いいから。言われたとおりにしなせぇよ」

告げると同時に一転し、与七は哀れっぽい声を張り上げた。

「わ、私が悪うございました！　どうかお許しくださいまし～」

「おい、おい、一体どうしたんだよ」

「襟首《えりくび》、襟首。それにもっと怖い顔をしていただかねぇと」

戸惑う早見に顔を近付け、与七は告げる。

「引っ立てる振りをして自身番所にお出《い》でなさい。あっしは新平坊ちゃんに迎えに来ていただきますんで、旦那はこっそり裏からお逃げなせぇ」

それは的確な判断だった。

自身番所は町人による自治の一環として設けられた、交番のようなものだ。詰めているのは町内で雇われた番人なので、北町奉行所の与力が足を運んだとなれば恐れ入り、余計なことは何も言わない。与七を預けておいて裏口から出て行ったところで大事はないし、後で迎えに来るのが地元の大店の息子で岡っ引きの新平ならば、何の障りも有りはしなかった。

「かっちけねぇ（かたじけない）、与七。恩に着るぜ」

小声で謝すると、早見は与七の腕を捩《ねじ》り上げた。

「おめー、どこのお店者《たなもん》だ！　たっぷり説教してやろうじゃねぇか！」

「そんな、ちょいとぶつかったぐらいで殺生でございますよ～」

「やかましい！　四の五の言わずに、とっとと歩きやがれぃ！」

「ご、ご勘弁くださいまし～」

堂に入った与七の芝居は、盗っ人だった頃に身に付けたもの。

お人よしや愚か者を演じて油断を誘い、懐中物を抜き取るぐらいのことは朝飯前だし、言葉巧みに家の中まで入り込んで、盗みを働くのもお手の物であった。

そんな悪党だった与七も更生し、今は堅気の奉公人。

と言っても生来の醒《さ》めた気性まで変わってはおらず、好んで人助けなどする質ではなかったが、寄る辺なき身を立ち直らせてくれた八州屋勢蔵と、息子の新平のためには労を厭《いと》わない。窮地に陥った早見に手を差し伸べたのも、新平が大事にしている仲間であればこそだった。

自身番所へ向かいながら、二人は小声で言葉を交わす。

「あの乾って浪人は、外道でも掛け値抜きに腕が立つんでさ。旦那もお命が惜しかったら、決して相手にしちゃいけませんぜ」

「そんなこたぁ承知の上よ……実は先刻、ちょいと店先でやり合ってな」

「へっ、やっぱりそうだったんですかい」

「何……お前さん、見てたのか」

「へい、ちょうどうちの旦那のご用でお届けもんをした帰りでしてね。真っ青な顔して表に出て来なすったのも、目にしておりやしたよ」

「こいつ、だったら最初《はな》から見てましたって言いやがれ」

「おやおや、こっちは気を遣ったつもりなのですぜ」

「ちっ……」

「ご安心なせぇまし。小関と神谷の旦那には黙っておきやすよ」

「新平と彩香先生にも、な。余計なことを言ったら只《ただ》じゃおかねぇぞ」

痛いところを突かれながらも、早見は下手《したて》に出ようとはしなかった。

その代わり傍目には分からぬように、与七の腕を捩り上げていた力をそっと緩める。

「こいつぁ貸しにしておきますぜ、旦那」

「うるせぇよ。黙ってきりきり歩きやがれぃ」

毒づきながらも、胸の内では重ねて謝する早見だった。

二

そんな一幕があった頃、摂津屋勘蔵は駕籠《かご》に揺られていた。

今年で五十八歳になる勘蔵は小柄な男。顔こそ年相応に老《ふ》けているが、身の丈は五尺（約一五〇センチ）に満たなかった。

されど、小さいのは不都合なことばかりではない。

こうして駕籠に乗っていても担ぎ手は負担が少なく、余裕を持って周囲に目を配ることができる。

人の恨みを山ほど買っている身には、いつも注意が欠かせない。

勘蔵が刺客に待ち伏せされたのは、買い占めに協力して値を吊り上げることを拒んだ本郷の薬種問屋を締め上げて、日本橋に戻る途中のことだった。

視線の先に現れたのは、覆面で顔を隠した武士の一団。

手に手に刀を抜き連ね、左右から迫り来る。

勘蔵は供を連れていなかった。

用心棒はもちろんのこと、手代や小僧も付いていない。

襲撃の場に居合わせたのは駕籠かきのみ。

辻駕籠ではなく、摂津屋で奉公人として抱えている二人組であった。

「止めるぜ、座坊《ざぼう》」

一言告げるや、先棒を担いだ駕籠かきが足を止める。

「ほいきた、我黄《がおう》」

後棒の相棒もすかさず動きを合わせ、揺らさぬように地面に下ろす。

共に六尺豊かな大男である。

しかも、胴回りは樽ほども太かった。

まとっているのは、背中に屋号を染め抜いた袖無しと白い猿股。

剥《む》き出しになった四肢は筋骨隆々としており、地面を踏み締めた草鞋《わらじ》履きの足も驚くほど大きい。

「旦那、ちょいと待っておくんなさい」

「相手は十人も居《お》りやせんし、すぐに済みまさ」

現役の力士さながらの二人組は、悠然と駕籠の前に立ちはだかった。

襲撃された現場は、通りの両側に高塀が続く武家地の一角。

まだ陽は高いというのに人通りは絶え、異変を察して駆け付ける者もいない。

通りに面して設けられた辻番所ばかりか、界隈《かいわい》の大名屋敷からも誰一人として出てはこなかった。

摂津屋への意趣返しに賛同して、手は貸さぬまでも余計な真似はしない——。

そんな約束が為されているかの如く、辺りは静まり返っていた。

昼下がりの静寂を裂き、刺客たちの声が響き渡った。

「摂津屋勘蔵、覚悟せい！」

「我らが殿の怒りを思い知れ！」

口々に叫ぶ言葉には、深い怨嗟《えんさ》が込められていた。

勘蔵を恨んでいるのは、江戸の町人だけではない。

はしかに効くとされる品々の産地まで出向いて強引に買い占め、地元の大名の威光を歯牙《しが》にも掛けないやり方には、諸国から怒りの声が上がっている。

それでも摂津屋が商いを続けていられるのは、取り締まる側の役人たちに金をばら撒《ま》き、何事も黙認してもらっていればこそ。

買収は幕閣にまで及んでおり、はしかの流行に便乗した悪事に憤った家重公は御側御用取次の大岡忠光に規制を命じていたが、幕政の現場を預かる老中たちが摂津屋だけは見逃すように指示しているので、どうにもならない。故に家重公は田沼意次を介し、暗殺奉行こと依田政次に密命を下すに至ったのだ。

とはいえ、影の御用はまだ始まってもいなかった。

それどころか、思わぬ暗礁に乗り上げていた。

依田は下城の途に就いたものの、南町奉行の脅しに動揺している。

そして早見は怒りに任せて店に乗り込んだものの、肝心のあるじが不在だったばかりか、手強い用心棒に力の差を見せつけられた。

今、この場で勘蔵が討たれていれば、依田も早見も安堵《あんど》できただろう。

だが、悪徳商人の護《まも》りは固かった。

「どすこい！」

重たい気合いの声と共に、座坊が張り手を繰り出した。

呼び名の如く、頭をつるつるに剃り上げている。

「ぐわっ」

強烈な一撃を食らった武士が吹っ飛ぶ。

通りの向こうの塀に叩きつけられたときには、血反吐《ちへど》を吐いて息絶えていた。

相棒の我黄も負けてはいない。

巨体に似合わぬ機敏な動きで斬り付けをかわしざま、刀を叩き落とす。

次の瞬間には胸に抱え込み、さば折りで締め上げていた。

「ほら、突けるもんなら突いてみい」

「おのれっ」

捕まった朋輩《ほうばい》を盾にされ、他の武士たちは攻め込めない。

「ふん、さむらいも甘いもんだのう」

冷たく笑うと、我黄は諸腕《もろうで》に力を込める。

剝き出しの腕に、ぐわっと力こぶが盛り上がる。

それと同時に、抱え込まれた武士の肋骨《あばらぼね》が砕き折られた。

勘蔵が抱える用心棒は、この場にいない乾達人だけではなかったのだ。

摂津屋の駕籠を担ぐ二人は、江戸相撲の力士あがり。

いずれの立ち合いも荒っぽいこと極まりなく、とりわけ座坊の張り手と我黄のさば折りは死人まで出てしまったので禁じ手にされてしまい、それでも懲《こ》りずに怪我人を続出させたため、角界から追われて久しい身であった。

日本橋の店で睨《にら》みを利かせる乾に対し、勘蔵の駕籠かきを兼ねる座坊と我黄は出先での用心棒。

それぞれに分担された役割をきっちりこなしている限り、あるじの身に危険が及ぶことは有り得ないのだ。

すでに刺客の武士たちは全滅していた。

とどめをいちいち刺すまでもない。

全員が判を捺《お》したかの如く、一撃の下に首を折られ、あるいは肋骨を砕かれて果てていた。

「終わりましたよ、旦那」

汗と返り血で濡れた頭を、座坊はつるりと撫《な》で上げる。

「ご苦労さん」

勘蔵は我黄の手を借り、駕籠から降りたところだった。

「やれやれ、ひどいもんだ」

死屍累々《ししるいるい》の惨状を前にして、淡々とつぶやく。

「ほんとにひどい。武家の矜持《きょうじ》だか何だか知らねえが、とんだ恥の上塗りだ」

二人の巨漢と並んで立った姿は子どものようだが、毒づく顔は憎たらしい。

「お前さんたち、ちょいと待っておくれ」

座坊と我黄に一言告げ置き、亡骸《なきがら》を見て廻る。

格上と思《おぼ》しき一人の帯前から脇差を奪い取る。

刀剣は凝った拵《こしら》えであるほど、持ち主を割り出しやすい。素性を隠して襲撃に臨んだつもりでも、勘蔵から見れば詰めは甘かった。

「待たせたね。出しとくれ」

「へいっ」

あるじが戻った駕籠を担ぎ、座坊と我黄は同時に腰を上げる。

掛け声を発することなく駕籠を飛ばす、二人の動きに乱れはない。日頃から息が合っていなければ、為し得ぬことだ。

無言で駆けるのは、常に四方に気を巡らせるため。

座坊も我黄も、馬鹿力だけが取《と》り柄《え》の輩とは違うのだ。

何とも手強い連中だった。


勘蔵を乗せた駕籠が遠ざかっていく。

それを見送り、小関孫兵衛は深い溜め息を吐《つ》いた。

「やれやれ、気付かれなかったみてぇだな」

「うむ……」

続いて神谷十郎も姿を見せた。

「大事ないか、おやじどの」

「ああ」

共に行商人の装いである。

隠密廻同心として界隈を探索中に、思わぬ襲撃に出くわしたのだ。

襲ったのが武士の一団でなければ、割って入っていただろう。

隠密廻といえども、小関と神谷は町方同心。

そして摂津屋勘蔵は黒い噂の絶えぬ悪徳商人といえども、町奉行所が護るべき江戸の町人だ。危ない目に遭《あ》っていれば立場上、助けざるを得まい。

だが、手助けなど無用だった。

「下手に出て行かなくてよかったぜ。巻き添えを食ったら命取りだったな」

「うむ。返り討ちとはいえ士分を手に掛けたのを見られたからには、我らの口を封じにかかったであろうよ」

死屍累々の路上を見渡し、二人はつぶやく。

「あの駕籠かきども、ただのでくのぼうじゃなかったってことかい」

「左様。腕っ節が強いばかりでなく、ずいぶんと機敏であった」

「そうだな。坊主のほうもなかなかだが、もう一人の野郎は駒みてぇにくるくる動き回ってやがったぜ。あんなでかぶつのくせにすばしこいのは、よほど足腰を鍛えてやがるに違いあるめえ。さすがは力士あがりだ」

「……おやじどのでも、あやつらは手に負えぬのか」

「どういうこった。あのでかぶつどもとやり合えってのかい？」

「うむ。影の御用となれば、やらざるを得まい」

「ぶるるっ、冗談じゃねぇや」

小関は顔をぶんぶん左右に振った。

無理もあるまい。

力士あがりの座坊と我黄は、並外れた巨体と怪力の持ち主でありながら動きも敏捷《びんしょう》そのもの。

戦うことになったとしても、隙など見出せそうにない。

柔術遣いの小関はもとより、棒手裏剣の名手である神谷といえども太刀打ちするのは至難と言わざるを得なかった。

「摂津屋の手駒はあいつらだけではないぞ、おやじどの」

「そうだったな。たしか乾とかって抜刀の手練《てだれ》を養ってるはずだ」

「大した遣い手であるらしい。早見でも五分五分だろう」

「ほんとかい？」

「うむ。お奉行ほどのお腕前ならば分からぬが、我らでは相討ちに持ち込むのがやっとであろう」

「おまけにあんなでかぶつが二人も居るってわけか……くわばら、くわばら」

小関は短い首をすくめる。

神谷も口を閉ざし、亡骸の山に背を向けて歩き出す。

早見が乾に後れを取ってしまった事実を、二人は知らない。

江戸城中ですでに密命が下ったことも、与《あずか》り知らずにいた。

果たして暗殺奉行は勝てるのか。

結成されて早々の、苦戦が必至の影の御用であった。

三

それから勘蔵は何事もなかったかのように、続けて用事を済ませた。

座坊と我黄も疲れを微塵《みじん》も見せることなく、日が暮れるまで駕籠を担ぐ。

摂津屋のあるじとして自ら出向くのは役人の買収と、同業の商人を悪事に加担させるための、説得という名の脅迫のみ。

はしかの流行に合わせた買い占めは、今のところ順調そのもの。

一日の仕事を済ませ、勘蔵を乗せた駕籠は日本橋に戻っていく。

行く手を阻むことのできる者はいない。

憎悪の目を向けるばかりで、誰も為す術《すべ》を知らなかった。

店に戻った勘蔵が自分の部屋に入り、いつも最初に聞くのは番頭からの報告。

今日は留守にしている間に、些細《ささい》ながら常ならぬことが起きていた。

「そうかい、北町の与力が乗り込んできたのかい」

「大した剣幕でございました」

「ふぅん、そんな勢いのある奴がまだ居たのだね」

「吟味方の早見兵馬と申す若造にございます。これまで北町を牛耳っておられた末吉さまが空《むな》しゅうなられ、調子に乗っておるのでありましょう」

「それで？　腕は立つのかい」

「いえいえ、評判倒れでございました」

にやりと番頭は笑って見せた。

「北町でも指折りの剣の手練と聞いておりましたが、何のことはありませぬ。乾先生がちょいと腕を振るっただけで、すごすご引き下がる始末で」

「先生のことだ、すぐに後を追ったのだろう」

「それが途中で撒かれたそうで、よくも舐《な》めおってとお怒りにございました」

「成る程な、逃げ足だけは速いということか」

勘蔵は淡々とつぶやくばかり。

取り立てて怒りを見せぬのは、最初から問題にしていなければこそだった。

「ま、二度と来られやしないだろうさ」

もはや興味も無さげに答えると、勘蔵は言った。

「番頭さん、蔵を見に行こうか」

「お供いたします」

番頭はうやうやしく障子を開ける。

顎を上げて部屋から出て行く勘蔵は、錠前の鍵を手にしていた。

はしかの流行に先駆けて始め、今も続けている買い占めで手に入れた品々は店の土蔵に納められている。

米や炭、油といった嵩張《かさば》るものならば蔵が幾つあっても足りないが、はしかに効くとされるのは主に乾物であり、まとめて貯蔵するのも容易《たやす》い。

ぎっしり貯えられた品々は、勘蔵のすべてであった。

蔵を破って放出すれば値は一気に下がり、身代を失ってしまう。

故に特製の錠前で戸締まりし、鍵も予備を作らない。

「ふっ、まさに宝の山だな」

その夜も勘蔵は嬉々《きき》として、山と集めた品々と向き合った。

腹心の番頭も、蔵の中までは入ってこない。腕っ節の強い手代たちを率いて、今宵も庭の見回りに余念がなかった。

母屋には乾と座坊、我黄が控えている。交代で睡眠を取り、常に誰か一人が目を覚ましているので心配は要らなかった。

万全の護りを固めた上で、勘蔵は今宵もご満悦。

「このまま行けば値上がりは天井知らず……はしか様々だな、はははは」

今すぐ安く売りに出せば、多くの病人が救われることだろう。

だが、そんな殊勝な真似をするつもりなど、最初から有りはしない。

いたいけな幼子《おさなご》を含めた重病人がどれほど命を落とそうと、もとより知ったことではない勘蔵だった。


悪《あ》しき男が歓喜の笑みを浮かべていた頃、依田は影の御用の配下を集めた。

指示した場所は、北町奉行所の奥の役宅。

共に暮らす家族は皆、疾《と》うに眠りに就いている。

お付きの内与力衆にも人払いを命じてあるので、話を聞かれる恐れはない。

「遅い時分に相すまぬな」

私室に集合させた一同を前にして、依田は軽く詫びの言葉を述べた。

「いえいえ、大事はございませぬ」

往診帰りの彩香は、薬籠《やくろう》を傍らにして腰を下ろす。

「陽の高いうちは診療を休めませぬ故、遅いほうが都合はよいのです。皆さまも日中は御用繁多《はんた》でありましょう？」

「左様、左様。何ほどのこともありませぬぞ、お奉行」

裾払いをして座りながら、小関はいかつい顔をほころばせる。

傍らに座った神谷も、穏やかな面持ちでうなずいた。

新平と付き添いの与七も同様である。

ただ独り、早見だけが浮かぬ顔。

昼間に喫した苦い敗北を、まだ引きずっているのだ。

表情が冴えないのは依田も同じだった。

山田から思わぬ脅しを受けて、動揺を隠しきれずにいる。

しかし、影の御用を疎《おろそ》かにはできない。

すでに密命は下ったのである。

摂津屋勘蔵に引導を渡し、行き過ぎた商いを止めるのだ。

このままでは、勘蔵を好き勝手にさせている公儀への不信まで招きかねない。

江戸市中に蔓延《まんえん》した、はしかの流行そのものはどうにもなるまいが、便乗した買い占めだけでも根絶やしにする必要がある。

　幕閣まで買収されている以上、天下の御法を以てしても勘蔵は裁けない。

斯《か》くなる上は闇で裁きを付け、裏の悪事を表に晒《さら》すのみ——。

表情を引き締め、依田は一同に向かって告げた。

「こたびの的は摂津屋勘蔵だ。派手に開帳いたすがいい」

いつもならばこの一言で、悪党退治の幕が上がるはずだった。

ところが早見は、相も変わらず浮かぬ顔。

小関と神谷まで困惑した面持ちになっている。

「何としたのだ、おぬしたち？」

「い、いえ」

依田に問われ、早見は慌てて首を振る。

「そそそ、そうですよ」

「な、何事もござらぬ……」

声が震えていたのは小関と神谷も同じだった。

「どうしなすったんです、旦那」

新平が不思議そうに神谷に問いかける。

「何もないってお顔じゃないでしょう？　一体何が気懸かりなんですか」

「な、何事もないと申しておるだろうが」

「旦那……」

明らかに隠し事をされていて、新平は落胆を隠せない。

神谷から手札を授かり、岡っ引きとなって久しい新平だが、隠密廻の探索には未だに同行を許されていなかった。当人はやる気も十分なのだが、なまじ江戸で屈指の豪商の倅として世間で顔を広く知られているため、人目を忍ぶ探索や張り込みに連れ歩くわけにはいかないからだ。

やむなく両国広小路の茶店に足を運び、幼馴染みで看板娘のおふゆを相手に暇を潰すのが常の新平だったが、いつも元気な彼女もはしかにかかって、店には当分出てこられない。影御用の密命が下ったのも渡りに船だが、主力の早見たちが及び腰では困ってしまう。

もしも神谷と行動を共にしていれば、昼下がりの本郷で座坊と我黄の強さを目の当たりにし、摂津屋を相手取るのに二の足を踏みたくなるのも無理はあるまいと、すぐに察しが付いただろう。

しかし敵の用心棒の強さを知るのは小関と神谷、そして早見の三人のみ。

正しく言えば与七も承知の上だが、敢えて口を出そうとはしなかった。

黙って見ている与七をよそに、新平は再び問いかける。

「らしくもないじゃありませんか旦那がた。やっつける相手の名前を聞いただけで腰が引けちまうなんて、そんなこと一遍だってなかったはずですよ。それに早見の旦那は摂津屋が許せないって、あんなに息巻いていなすったのに。そういや彩香先生の診療所を飛び出しなすってから、一体どうなったんですか？」

「……………」

すばりと問われ、早見は返す言葉がない。

神谷と小関も、気まずそうに口を閉ざすばかりだった。

困っていたのは依田も同じ。

いつも頼もしい三人に意外な態度を示され、戸惑わずにはいられない。

それでも奉行である以上、はっきりさせる必要がある。

「何としたのだ、おぬしたち。はきと申してみるがいい」

「お奉行」

「今さら言うまでもなかろうが、我らが相手取るのは容易う倒せる者ばかりとは限らぬ。どれほど摂津屋が手強《てごわ》かろうと、やらねばならぬのだ」

それは自身に向かって告げた、依田の決意でもあった。

摂津屋が難物なのは、もとより承知の上である。

早見たちの如く目の当たりにしていないものの、腕利きの用心棒を抱えていることはかねてより耳にしていた。

それより気がかりなのは、山田の脅し。

真意を測りかねるのも、不安にさせられる理由の一つだった。

あれから下城するまでずっと一緒に居たものの、山田は二度と話を蒸し返そうとはしなかった。こちらから水を向けても乗って来ず、はぐらかすばかりで胸の内を明かすことなく、また明日と別れ際に言われただけである。

一体、何が狙いなのか。

下手に動けば山田に尻尾《しっぽ》を摑《つか》まれ、すべてを暴かれかねない。

あるいは依田を飛び越えて田沼と接触し、再び脅しをかけるのか。

それとも家重公に目通りを願い出て、畏《おそ》れ多い暴挙に及ぶのではあるまいか。

悪いことを考え始めると、キリがない。

依田は迷いを断ち切らなくてはならなかった。

思い悩むばかりでは、どうにもなるまい。

山田が何か仕掛けてくれれば、そのときは迎え撃てばいい。

同じ町奉行を、それも格上の南町奉行を敵に回すのは本意ではなかったが、影の御用を邪魔立てされては放っておけない。

いよいよとなれば、依田は斬るのも辞さぬつもりである。

もちろん配下たちにも、常にも増して動いてもらわなくてはならなかった。

「お奉行さま⁉」

新平が慌てた声を上げる。

依田がおもむろに膝を揃え、一同に頭を下げたのだ。

浅い座礼とはいえ、町奉行がこんな真似をするなど有り得ぬことだ。

「どうかお止めくださいまし。皆さまがお困りではありませぬか」

呆気《あっけ》に取られる一同をよそに、そっと彩香が諫《いさ》めた。

「おぬしたち、このとおりだ」

重ねて頭を下げると、依田は改めて一同に視線を向けた。

「どうあっても事を為さねばならぬのだ。皆で心を同じくし、力を合わせて摂津屋を仕置に掛けてもらえぬか」

「お奉行……」

早見は依田をじっと見返す。

神谷と小関も同じであった。

もはや、三人とも視線を逸《そ》らそうとはしない。

逃げてはなるまいと思い定め、強敵に立ち向かう所存であった。

四

翌日早々から、一同は行動を開始した。

摂津屋に探りを入れ、仕掛ける隙を見出すのだ。

とはいえ、表の仕事もいい加減にはできかねる。

早見たちには北町奉行所、彩香には診療所、与七には八州屋があるからだ。

新平だけは好き勝手に動けるが、独りきりで行かせるのは危うい。暗殺奉行の初仕事の折の如く勘付かれ、逆に捕まっては元も子もないだろう。

やはり、ここは誰かが行動を共にすべきだった。

「仕方あるめぇな、新平。俺がひとつ付き合うとしようかい」

「そんな、よろしいんですか早見の旦那？」

「大丈夫だよ。任せておきねぇ」

精悍《せいかん》な顔に笑みを浮かべ、早見は言った。

「末吉の野郎がいなくなってから、吟味方も風通しが良くなってな。いちいち俺が騒ぎ立てなくても、おかしな裁きをされちまうことは有りゃしねぇ。ちょいと抜けたところで構いやしないさ……その代わり、お前さんもしっかり頼むぜ」

「お任せください」

答える新平の声は力強い。

早見が手伝ってくれるからには、下手《へた》は打てない。そう決意を固めていた。

かくして動き出した二人だったが、探索は早くも暗礁に乗り上げた。

腹を立てて摂津屋に乗り込んだ早見は、顔を知られてしまっている。

番頭と用心棒の乾だけではなく、末端の奉公人たちもしっかりと見憶えていたため、迂闊《うかつ》に近付くわけにはいかなかった。

「やれやれ。こんなことなら無茶をするんじゃなかったぜ……」

短慮を悔いながら、早見は日当たりのいい座敷で茶を啜《すす》る。

新平が用意してくれた、八州屋の一室である。町奉行所を抜け出して足を運ぶたびに、いつも下にも置かないもてなしを受けていた。

何より嬉しいのは、大好物の甘味を惜しみなく供してもらえることだ。

運んでくれるのは新平である。

「さぁ旦那、どうぞ召し上がってくださいまし」

「またカステイラかい？　贅沢《ぜいたく》言ってすまねぇが、さすがにそろそろ食い飽きちまったなぁ」

「いえいえ、本日は和の菓子を取り揃えましたので」

「おっ、落雁《らくがん》にすあまにまんじゅうに……より取り見取りじゃねぇか。こいつぁ大した玉手箱だぜ、へっへっへっへっへっ」

新平が自ら蓋を開けてくれた重箱に、早見は満面の笑みで手を伸ばす。

何の目的もなしに毎日足を運び、甘いものばかり食べているわけではない。

早見が八州屋を拠点としたのは、地の利を生かすためだった。

黒い噂の絶えぬ悪徳商人とはいえ、何も摂津屋は町内で孤立しているわけではない。無駄と見なした金は一切出さないものの、近所の付き合いまでいい加減にはしておらず、冠婚葬祭はもちろん日頃から八州屋と行き来をしている。

あるじの勘蔵がいつも出てくるとは限らぬが、顔を見せるのが皆無というわけではない以上、接触できる折は必ずある。

その機を逃さず、仕置をしようと早見は考えていた。

と言っても、問答無用で斬り捨ててしまうわけではない。

晒し者にしてやるため、勘蔵を生け捕りにするつもりだった。

あるじを晒すと同時に罪を暴き、店そのものを潰してしまえば、影の御用に手を貸した八州屋が報復を受けることもない。

もちろん禍根《かこん》を断つために、敵の主だった面々は亡き者にするつもりだ。

少なくとも乾達人に座坊と我黄、そして勘蔵の片腕の番頭にだけは、きっちり引導を渡さなくてはなるまい。

(乾の野郎は俺が斬る……何としても、な)

和洋の菓子を毎日味わいながらも、早見は気を抜いてはいなかった。

瀟洒《しょうしゃ》な座敷で心地よく過ごす合間に、素振りをするのを欠かさない。

座っていて眠気に襲われるたびに両膝立ちになり、鞘を払った刀を二百、三百と繰り返し、確実に斬る心持ちで打ち振るうのを心がけた。

だが、勘蔵は一向に姿を見せようとはしなかった。

新平もとぼけて訪ねて行き、はしかに効く薬や乾物の類《たぐ》いが余っていれば分けてもらえないかと話を持ちかけては表に誘い出そうとするものの、まったく乗ってこないという。外出するときは必ず駕籠を用い、徒歩で行けるところならば乾を同行させるそうで、まったく隙が見当たらない。

「するってぇと、八州屋に来るときも用心棒を連れてくんのかい？」

「そういうことになりますね」

「ううん、ほんとに勘蔵ってのは用心深い奴なんだなぁ……」

日が暮れて薄暗くなった部屋で、早見と新平は額を突き合わせる。

「やっぱり待つばかりじゃ埒《らち》が明きませんねぇ、旦那」

「仕方あるめぇ、忍び込むか」

腹を括《くく》って、早見はつぶやく。

と、廊下から訪《おとな》いを入れる声。

「失礼しやす」

入って来たのは与七。

馬のなめし革を思わせる張りのある、浅黒い肌がつやつやしている。

一日の仕事を終え、他の手代たちと湯屋に行ってきたばかりらしい。

「話は聞きましたぜ。そういうことなら、あっしに任せてもらいやしょうか」

「お前さんが忍び込んでくれるのかい、与七？」

「お任せくだせぇまし、若旦那」

与七は頼もしく微笑んで、新平に請け合った。

「昔取った杵柄《きねづか》ってやつで屋根裏から出入りをすれば、人目に立つこともありゃせんからね。さっそく今夜にでも、忍んでみるといたしやしょう」

「だったらお前、最初《はな》っから手伝ってくれたっていいじゃねぇか」

「へっ、誰も旦那のために動くとは言ってませんぜ」

横から文句を付けてきた早見を軽くいなし、与七は立ち上がる。

しかし、摂津屋の護りは固かった。

手強いのは、あの三人の用心棒だけではない。

敵の多い勘蔵は家そのものも、用心深い造りにしていたのだ。

夜更けになって、与七は満身創痍《そうい》で八州屋へ帰ってきた。

「だ、大丈夫なのかい、お前さん⁉」

泊まり込んだ早見ともども、寝ずに待っていた新平は仰天した。

「面目ありやせん、若旦那……」

頭を下げる与七の黒装束は破れ目だらけ。ところどころ血が滲んでいる。

至るところに仕掛けられていた、忍び返しの棘《とげ》にやられたのだ。

それでも、与七はただで転びはしない。

張り巡らされた罠を何とか潜り抜け、摂津屋を調べ上げてくれたのである。

「肝心の土蔵の鍵なんですがね、どこを探しても見当たらねぇってことは勘蔵がいつも持ち歩いてるに違いありやせん。こ、今度は懐を狙ってみますよ……」

「与七っ」

「しっかりしろい」

立ち上がろうとしてよろけたのを、新平と早見はとっさに抱き留める。

与七の全身は熱を帯びていた。

「こいつぁいけねぇ。新の字、彩香先生んとこに連れてくぜ」

「へっ、大袈裟《おおげさ》ですぜ……」

「何言ってんだい、こんな体で！」

新平はぴしゃりと一喝した。

「そうだぜ、与七」

続いて早見も説き聞かせる。

「埃《ほこり》っぽいとこで付けた傷ってやつは、小さくても馬鹿にはできねぇ……命取りになることもあるんだからな、しっかり手当てをするこった」

「旦那」

「へっ、俺だって憎まれ口ばかり叩くわけじゃないのだぜ」

横を向いて、照れ臭そうな早見であった。


与七が体を張って調べてくれたおかげで、おおよその察しは付いた。

勘蔵の寝所に劣らず警戒が厳重であるという土蔵には、これまでに買い占めた品々が隠されているに違いない。

この土蔵さえ破ってしまえば、摂津屋はお終《しま》いだ。

むろん、容易に為し得ることではない。

単に店を潰すだけならば勘蔵を連れ去って晒し者にした後で、いつも懐に隠し持っていると目される蔵の鍵を取り上げ、処分してしまえばいい。どのみち家財没収となれば蔵は壊されて、すべて公儀が召し上げることになる。

だが、それだけでは解決にはなるまい。

「ううん、難しいなぁ」

早見は今日も八州屋を訪れ、座敷で思案を巡らせていた。

こたびの影の御用は摂津屋の買い占めを止めるだけではなく、はしかの流行《はやり》に苦しむ民を救うことも兼ねている。

はしかに効くとされる品々を取り上げたところで、肝心の民に行き渡らなくては意味がないのだ。

（まともにやったんじゃ途中で抜かれて、幾らも残りゃしないだろうぜ……）

役人は全員が品行方正というわけではなく、隙あらば役得に与ろうとする輩がむしろ多い。取り潰された大店の家財など格好の獲物であるし、流行り病に効果があると信じられていて高値で売れるとなれば尚のこと、鵜《う》の目鷹《たか》の目で中抜きされるのは火を見るよりも明らかだった。

一体どのように段取りをすれば摂津屋一味を仕置した上で、はしかの患者たちを救うこともできるのか――。

頭を使うと甘いものが欲しくなる。

「お待たせしました、早見の旦那」

新平が湯気の立つ盆を捧げ持ち、座敷に入ってくる。

「おっ、こいつぁいいや」

「旦那の大好物なのでしょう？　小関のおやじさまから聞いておりますよ」

「へっへっ、ごちになるぜぇ」

今日のお八つは、餅入りの汁粉だ。

さすがは大店だけあって、小豆《あずき》は粒が揃った高価なもの。

難を言えば小関家の汁粉より甘みが控えめだが、かりっと炙《あぶ》った小ぶりの餅もきめが細かくて伸びもいい。

早見は夢中で箸を動かす。

給仕をする新平は、お代わりを運んで廊下を行き来するのに忙しかった。

「これでおつもりにしてくださいよ、旦那ぁ」

「分かってらぁな。ありがとよ」

新平を引き取らせ、独りになって早見はつぶやく。

「あー美味《うめ》ぇ……年中食っても飽きやしねぇぜ……」

すでに三杯目の汁粉であった。

大好物を好きなだけお代わりできて、早見の顔には満面の笑み。

男臭く精悍な造作がすっかり緩んで、とろんとした面持ちになっていた。

しかし、いつまでも気を抜いてはいられない。

きれいに平らげた椀を置き、早見は再び考えを巡らせる。

疲れた頭を冴えさせてくれる、甘味の力は侮《あなど》れぬものだ。品よく甘い八州屋の汁粉は、妙案を導き出してくれた。

「……そうだ！」

と、廊下から乱れた足音が聞こえてくる。

「だ、旦那」

駆け付けたのは新平だった。

「おい、おい、どうしたってんだい」

「お……奥さまが……」

「何だって」

早見の顔から血の気が引いていく。

甘味の効き目で冴えた頭の中も、真っ白になっていた。


八州屋は今日も盛況だった。

客と接するのは手代たちの役目だが、いつも鶴子の相手は店のあるじで新平の義兄に当たる盛助《せいすけ》が、直々に務めていた。

与力や同心の妻女は身分の上では旗本と御家人の奥方より格下だが、商人たちは町方役人の身内を決して粗略には扱わない。いつ何時、災いが生じて助けを求めることになるのか分からぬからだ。

ましてや早見兵馬の役目は罪を裁く吟味方。与力の中では若手ながら剣の達人と評判が高く、若旦那の新平とも仲がいい。まさか影の御用でつながっているとは思わずに、八州屋の人々は早見家に好意を寄せていた。

「よくお越しくださいました奥さま。いつもお美しゅうございまする」

「まぁお恥ずかしい、おほほほほ」

ご機嫌に笑う鶴子は、辰馬も一緒に連れて来ていた。

「これはこれは若さま、お加減もよろしいようで何よりです」

「うん。ありがと」

お供の女中に付き添われた辰馬は、はにかんだ顔で答えた。

「その節はそなたにも気を遣わせてしまいましたね。結構な見舞いの品を届けてもろうて、私からも礼を申します」

「滅相もございません。して、本日は何をお求めですか」

「この子に晴れ着を誂《あつら》えたいのです。ついでに、私にも一着」

さりげなく言い添えたのを、物陰で耳を澄ませる早見は聞き逃さない。

息子の病が無事に癒え、快気祝いをしなくてはと張り切っているのはもとより承知の上だが、まさか自分の着物まで新調するとは思ってもいなかった。

それにしても、勘定はどうするのか。

八州屋は同じ日本橋の大店である越後屋の商いを見習って、現金掛け値なしの一括払いでなければ品物を客に渡さぬ仕組みだった。

掛け取りの手間と危険が省ける上に利益を確実に見込めるからこそ、その場で寸法を取って裁断した反物を着物に仕立て、提供することもできるのだが、肝心の持ち合わせがなくては話にならない。

(鶴子の奴、実家から小遣いでも受け取っておるのかな。うらやましいなぁ)

襖越しに耳を澄ませたまま、早見は胸の内でぼやく。

月々のものでやり繰りしていれば、それほど余裕はないはずである。あるいは知らぬ間にへそくりを溜め込んでいたのだろうか――。

あれこれ考えている最中、聞こえてきたのは意外な答え。

「実は部屋を片付けておりましたところ、簞笥《たんす》の底から懐紙の包みが出て参ったのです。何の気なしに開けてみたら、何と三両も入っておりました」

「それはそれは、結構なことで」

「察するにうちの人が私を気遣《きづこ》うて、たまには気晴らしに買い物でもせよと忍ばせておいてくれたのでありましょう」

「ははは、お優しい旦那さまでございますね」

「そういう次第で張り込ませてもらいます故、よいものを出してくだされ」

「はい、心得ました」

二人して、勝手なことを言うものである。

鶴子が見付けた小判は、早見が隠しておいたものだ。

影の御用の報酬として田沼が幕府の御金蔵《ごきんぞう》から密かに出金させ、依田に渡す御《ご》下賜金《かしきん》の一部である。

受け取る金額はその都度、御用の規模に応じて査定される。

たとえば過日に平田屋を成敗した一件は早見たち与力と同心が各々三両、補佐した彩香と与七、新平はそれぞれ半額の一両二分ずつだった。

結構な額ではあるが刀を研ぎに出したり、装束を買い替えたりする費えを負担しなくてはならないし、探索をするのにも金がかかる。

それでも早見の手許には、これまでの報酬が十両ほど貯まっていた。

半分の五両は貯蓄として両替商に預け、二両は懐に入れている。そして余った三両を箪笥の底に隠し、急に入り用になったときの備えとしたつもりだった。

(鶴子の奴、よくも見つけやがったな……)

腹が立っても、文句を付けるわけにはいかなかった。

まだ陽は高く、早見は奉行所に詰めていなくてはならない時分。見付かれば油を売っていると誤解され、雷が落とされるのは必定であった。

(あーあ、もっと奥ゆかしい女を嫁にするんだったぜ)

口惜しくとも、黙って引き下がるしかあるまい。

盛助がそつなく相手をしてくれている間に、早見は奥の座敷へ戻った。

「大事はありませんでしたか、旦那ぁ」

「へっ、とんだ散財になっちまったぜ」

「は?」

「お前さんも隠しもんをするときは気を付けるんだな。女ってのはずぼらなようで存外にまめなもんだぜ……」

訳が分からぬ新平に、早見は言うのだった。

「すまねぇが、汁粉のお代わりを頼む」

「またですか旦那、いい加減になさらないと……」

「食わずにやっていられるかい、馬鹿野郎〜」

五

神谷と小関も、探索を早見に任せきりにしたわけではなかった。

ひっきりなしに診療所を訪れる患者にかかりきりの彩香はともかく、こちらはその気になれば仕事の合間に動くことができるからだ。

「されば参るか、おやじどの」

「ああ。今日は本郷に出向くとしようかい」

廻方に属する同心の利点は、常に出歩いていても差し支えないこと。

その点は定廻と臨時廻も同じだが、隠密廻は見廻りの持ち場が限定されているわけではないため、どこにでも足を運べる。

以前は廻方を牛耳っていた京田《きょうだ》と大橋《おおはし》に目の敵《かたき》にされ、わざと間違った情報を流されるのもしばしばだったが、悪しき二人が亡き後は無駄足を踏まされることもなくなり、余計な手間を取りはしない。労を惜しまず働けば、早く仕事を終えて余分な時間を作れるのだ。

その日も神谷と小関は八つ時（午後二時頃）までに一日の仕事を済ませ、両国広小路の茶店に寄っての間食もそこそこに、影の御用の探索に乗り出した。

「おふゆ坊はまだ出てこれねぇらしいな」

「茶店のあるじも人手が足りずに困っておるが、なかなか熱が下がらぬそうだ。新平が毎日見舞っておる故、いずれ治るであろうが……な」

「へっへっへっ、お熱いこってうらやましいぜ」

「心得違いをいたすでない、おやじどの。あの二人は兄妹のようなものぞ」

肩を並べて歩く二人は浪人姿。

今日も本郷まで出向いたのは、薬種問屋を調べて廻るためであった。

はしかの流行に乗じて稼ぐ摂津屋は買い占めに奔走する一方で、同業の店々に対しても売り惜しみをするように無理強いしている。結果として品薄になりさえすれば値は上がり、大儲《おおもう》けができるからだ。

これも商いのやり方のひとつであろうが病人たち、それも多くの幼い子どもが犠牲になっていると思えば、阿漕《あこぎ》と見なすしかあるまい。

「摂津屋の野郎、手前《てめえ》もはしかになっちまえば少しは思い知るこったろうぜ」

「それは残念ながらあるまいぞ、おやじどの」

ぼやく小関に神谷が言った。

「彩香どのが往診に呼ばれた折に聞いたそうだが、あやつは疱瘡《ほうそう》もはしかも幼い時分に済ませておる。いずれも軽く、痕《あと》も残っておらぬがな」

「へっ、がきの頃から悪運の強い奴なんだな」

毒づく小関のいかつい顔には、あばたが幾つか散っていた。

幼少時に疱瘡に罹患《りかん》した発疹の名残《なごり》は、多いほど重い症状に耐え、死の淵を漂いながら生還した強さの証《あかし》とされている。

とはいえ当人にとっては恥ずかしく、劣等感を抱く一因になりがちである。

その一人である小関から見れば、勘蔵にあばたがないことは腹立たしい限りであるらしかった。

「ま、あんな奴にわが身をつねって人の痛みを知れと言ったところで、どのみち聞きやしねぇだろうがな……」

「なればこそ、たっぷりと罪の報いを受けさせてやろうではないか」

励ますように神谷は続けた。

「さて、おやじどの。こたびはどのような仕置がよかろうな」

「そうだなぁ……いつも日本橋に晒すばかりじゃ能がねぇし、たまには両国橋の欄干から吊るしてやろうかね。いい笑いものになるだろうぜ」

「ははは。それもよかろうが、川流れはどうだ」

「おいおい、土左衛門《どざえもん》にするだけじゃ物足りないだろ」

「何も簀巻《すま》きにいたすとは言うておらぬ。疱瘡神送りの如く町中を担いで歩いた上で大川に沈めてやるのだ」

「成る程な、そいつぁ妙案じゃねぇか」

「摂津屋は生きておっても何の功徳《くどく》もいたさぬ男だ……ならば我らの手で病の神の依代《よりしろ》に仕立て、皆の役に立ってもらうとしようぞ」

「いいぞいいぞ、是非ともそうしてやろうじゃねぇか」

本郷には坂が多い。肥満している小関にはとりわけキツいが、気分が良ければ自ずと足の運びも軽くなろうというものだ。

「へっへっ、外道の川流れか……」

しかし、笑ってばかりはいられなかった。

人通りが絶えるのを見計らったかの如く、胡乱《うろん》な武士の一団が現れたのだ。

「何奴《なにやつ》！」

神谷が威嚇《いかく》の声を浴びせても、迫り来る足の運びは止まらない。

深編笠の男たちは、羽織も袴も黒一色。

公儀目付の配下として暗躍する、小人目付《こびとめつけ》に独特の装束だ。

「おやじどのっ」

「いいから黙ってな」

動揺を隠せぬ神谷に告げつつ、ずいと小関は前に出た。

「お前さんがた、俺たちを北町の隠密廻と知ってのことかい？」

上から物を言えるのは、相手が自分たちの半分しかない十五俵一人扶持《ぶち》の軽輩であればこそ。

とはいえ目付衆は旗本と御家人の行状を取り締まるのが役目であり、町奉行所勤めの与力と同心が罪を犯せば、捕らえる権限を有している。末端の小人目付といえども、油断はできない。

それにしても、なぜ二人を狙って現れたのか。

理由は一団を率いる頭目と思しき、年嵩《としかさ》の小人目付の口から明かされた。

「小関孫兵衛に神谷十郎。うぬらの素性はもとより承知の上ぞ」

「だったらお前さん、ちっとは口の利き方に気を付けな。俺たちゃこれでも廻方の同心さまだぜ」

「ほざくでないわ、この人斬りどもめが」

「何だと？」

「半月前にうぬらは向島の平田屋の寮を襲いて番頭に手代、さらには多数の用心棒を殺害せしめたであろう。それればかりか平田屋を連れ去りて、高札場《こうさつば》にて晒し者に仕立て上げたのは明白であるぞ」

「馬鹿馬鹿しい。とんだ言いがかりだぜ」

小関はあくまで認めない。

しかし、小人目付衆は執拗《しつよう》だった。

「あくまで違うと申すのならば、同道いたせ。御目付の寺井《てらい》さまがご直々に吟味をなさりたいとの仰せなのでな」

「てめぇ！　おかしな真似しやがると、うちのお奉行が黙っちゃいねぇぞ！」

「ほざけ。その依田和泉守にも嫌疑がかかっておるのだ」

「お奉行に嫌疑だと？」

「左様。天下の御法に従うべき身でありながら勝手に仕置を繰り返す、慮外者《りょがいもの》の疑いが……な」

と、頭目は居並ぶ配下に向き直った。

「こやつらを疾《と》く引っ立てよ。どのみち責め問いにいたす故、少々傷を負わせてしもうても構わぬぞ！」

最初から、こうすることが目的だったのだ。

「頼むぜ、十郎っ」

「承知！」

神谷は棒手裏剣を投げ打った。

「うっ」

「ぐわっ」

同時に跳びかかろうとした小人目付たちが、もんどりうって倒れ込む。

小関も機敏に体《たい》をさばき、続けざまに足払いを喰らわせる。

「おのれっ」

斬りかかってきた頭目に、サッと神谷は刀を抜き合わせた。

キーン。

ドスッ。

受け流した次の瞬間、峰打ちが胴に決まる。

敵といえども、相手は役人。むやみに斬ってしまうわけにはいかない。

囲みを破ることさえできれば、後は逃げるのみである。

「おやじどの」

「うむ」

うなずき合い、神谷と小関はだっと駆け出す。

大人しく連行されるつもりなど、もとより有りはしなかった。

そもそも、この話はどこかおかしい。

事実をずばりと指摘されたのには驚かされたが、やり方が強引すぎる。

依田の名前まで出してきた以上、まずは当人に尋問すればいいはずだが、それはよほど確証がなければ為し得ぬことだ。

何しろ御側御用取次から将軍にまで累が及ぶ以上、逆に告発した目付のほうが口封じをされてしまいかねない。

故に神谷と小関を先に捕らえて外堀を埋め、じわじわ依田を追い込むのが狙いなのではあるまいか——。

これは由々しき事態であった。

「早見たちも危ないぞ、おやじどの……」

「なーに、あいつらのこったから大事はあるめぇよ……」

駆けながら神谷と小関は言葉を交わす。

戻り道が下り坂続きなのは、不幸中の幸いだった。

二人は追っ手を撒いた上で、神田川沿いの船宿に駆け込む。

相手の目をくらますためには、四方を囲った屋根船が必要だった。

とはいえ要人や男女の密会などに専ら用いられる船のため、浪人姿の二人連れで仕立てるのには、しかるべき理由が必要であった。

「ちょいと屋根船を出してくんな。呉服橋まで急ぎで頼むぜ」

「お急ぎでしたら、猪牙《ちょき》のほうがよろしいんじゃないですか」

「察しが悪いなぁ、お前さんは。こちとら男同士で理《わり》ない仲なんだよ！　猪牙なんぞに乗ってたら丸見えで恥ずかしいじゃねぇか、なぁ！」

渋る船頭にまくし立てつつ、小関は神谷の尻をぽんと叩く。

「さ、左様」

小関の打った芝居に合わせて、神谷はうなずく。

「ほら、早くしろい」

有無を言わせず前金を握らせ、小関は船頭を急き立《せ》てる。とにかく今は一刻も早く依田に危機を知らせ、しかるべき指示を仰がねばならなかった。

六

その男は、摂津屋勘蔵と同じく小柄だった。

それでいて、たたずまいは貫禄十分。

声の張りも尋常ではなかった。

「馬鹿者！」

手ぶらで戻った配下たちに怒号を浴びせた瞬間、びりっと障子が震える。

寺井玄蕃《げんば》、五十歳。

小兵《こひょう》ながら侮れぬと誰もが恐れる、公儀の目付だ。

旗本と御家人の行状に目を光らせ、容赦なく取り締まる寺井は部下に対しても日頃から手厳しい。

しくじりをしたとなれば、尚のことである。

「うぬらでは役に立たぬ。当分の間、謹慎しておれ」

「そ、それでは手が足りなくなりまする……」

「たわけ、有象無象《うぞうむぞう》がどの口で言うておる！」

言い訳を許すことなく、寺井は小人目付たちを下がらせる。

入れ替わりに現れたのは、同じ背格好の男が一人。

「待たせたの、摂津屋」

「いえいえ、こちらこそご雑作をおかけいたしました」

「何の、何の。まだ序の口ぞ」

にやりと笑う寺井は、かねてより勘蔵と肝胆相照らす仲。

悪質な買い占めを取り締まるどころか、見逃してやっていたのである。

同じ武家には厳しいくせに商人たちに甘いのは、金を持っているが故。はしかの流行に乗じて稼ぐ摂津屋勘蔵は目下のところ、とりわけ大事にしなくてはならない存在であった。

そうやって私腹を肥やしながら、寺井は出世も抜かりなく考えている。

とはいえ、幕閣のお偉方に賄賂《まいない》を贈るばかりでは難しい。どの役職にも定員というものがあり、誰もが潜り込もうと鵜の目鷹の目で狙っているからだ。

出世をするには上役のご機嫌を取るのに加えて、しかるべき手柄も立てなくてはならない。

そこで寺井が考えたのは、一石二鳥を可能とする妙案だった。

「して御目付さま、お奉行はまだお出でになられませぬのか」

「うむ、御用繁多だそうじゃ」

「はぁ、左様ですか」

勘蔵は少々呆《あき》れた顔をした。

「私が耳にいたしましたところでは北町の依田和泉守さまに付きまとい、探りを入れるのに躍起になっておられるとのことですが……」

「左様。月番のくせに愚かな限りよ」

寺井は皮肉に笑って見せる。

と、そこに障子越しの声。

玄関番をさせている家士が、客が来たのを知らせてきたのだ。

「山田肥後守さまがお越しにございまする」

「玄関にて待たせておるのだな」

「は」

「ならばよい。通せ」

指示を与えた寺井は、寄りかかっていた脇息を外す。

「やれやれ、これも作法なればやむを得ぬのう」

億劫《おっくう》そうに後ろに置くのを見ながら、にやりと勘蔵は笑った。

「されば御目付さま、手前はあちらに」

「うむ」

「失礼をいたしまする」

勘蔵は一礼し、控えの間に席を移した。

襖を閉めてしまえば、隠れているとは分からない。

程なく、朗々とした声が聞こえてきた。

「夜分に失礼いたす」

「肥後守どのか。どうぞお入りなされ」

「御免」

山田利延は潑剌《はつらつ》とした面持ちで入室した。

依田をネチネチ問い詰めていたときとは別人の如く、表情が明るい。

本来は、斯くも陽気な人柄なのだ。

山田の気分が高揚しているのには、今一つの理由があった。

「して寺井どの、首尾は如何《いかが》いたしたのだ？　早《はよ》う教えてくれい」

「ま、ま。急いては事を仕損じると申すでござろう」

身を乗り出して問うてくるのを、寺井はやんわりと宥《なだ》める。

「和泉守を許せぬ貴殿のお気持ちは、躬共《みども》も重々承知の上。なればこそ御用繁多の合間を縫って、動かぬ証を得ようと日々励んでおるのですぞ」

「かたじけない。ちと性急であったな」

山田は裾を払って座り直す。

落ち着きを取り戻しても、口は減らない。

「しかしな寺井どの、こちらの気持ちも分かってくれ。儂《わし》は田沼の若造が上様をたぶらかしておるのがどうしても許せぬのだ。純朴であらせられるのをいいことに影の御用など命じさせ、勝手に公金を持ち出して和泉守めに好き勝手をさせておるのを、見ていられぬのだ」

「お気持ちは重々承知の上にござるよ」

「かたじけない」

「それにしても肥後守どの、よくぞお気付きになられましたな」

「何の、何の。裏を取ってくれたのは貴公ではないか」

「躬共は役目にござれば、もとより易《やす》きことにござる」

「謙遜《けんそん》するには及ばぬ。貴公が平田屋の一件を子細に調べ上げてくれねば、根も葉もなきこととして和泉守に突っぱねられるところであったぞ」

「お役に立てて幸いにござる」

「まことに世話になった。重ねて礼を申すぞ」

山田は謝意を込めて頭を下げる。

笑い出したくなるのを堪《こら》えつつ、寺井は問うた。

「して肥後守どの、上様にはいつご注進申し上げるのですかな」

「それを急ぎたいが故、貴公に無理を頼んでおるのだ」

「あいや、藪蛇《やぶへび》でござった」

額を打ち、寺井は苦笑して見せる。

一転して眉間《みけん》にしわを寄せ、山田に告げる口調も芝居がかったものだった。

「お待たせして申し訳なき限りなれど、相手は腐っても北町奉行……一筋縄ではいかぬのも事実にござるよ」

白々しいことを言うものである。

だが乗せられていると気付かぬまま、山田は進んで申し出た。

「ならば寺井どの、次は儂が手を貸そうぞ」

「よろしいのですか？」

「構わぬよ。急かすばかりでは心苦しい故な」

「それはそれは、かたじけのぅ存じまする」

「されば、何をいたそうか」

「そうですな……では、和泉守めが使役しておる者どもを洗い出してはいただけませぬか」

「何と申す？　顔触れならば、貴公もすでに承知のはずだが」

「そやつらもまた、一筋縄ではいかぬ連中でしてな。さりとて表立って罪に及んではおりませぬ故、我ら目付の権限では拘引《こういん》できかねまする。お急ぎとの仰せでござったので本日は小人目付どもに少々無理をさせましたがさすが手強く、囲みを破りて遁走《とんそう》したとの報を受けたばかりにござる」

「成る程、腕に覚えの小人目付衆を以てしても手に負えなんだのか」

「面目次第もございませぬ」

「いや、いや。そういうことならば、搦《から》め手《て》にいたそうぞ」

「何となされますのか」

「餅は餅屋と申すであろう。わが南町の者どもを使うのだ」

「ご配下の与力と同心を、でござるか⁉」

寺井は声を高くする。

隣の部屋で耳を澄ませる勘蔵に聞かせるためとは、山田は気付いていない。

「任せておくがいい。あやつらより出来がいいし、頭も切れる故な」

「それは承知の上にござるが、腕前は……返り討ちにされてしもうては元も子もありますまいぞ」

「何も嚙み合わせようとは申しておらぬよ。早見兵馬と神谷十郎は言うに及ばず小関孫兵衛も侮りがたき遣い手なのは、南町でも知らぬ者は居らぬ。三人揃うて怠け者と見なされ、影の御用を承る身とは誰も思うておらぬが……な」

山田はまた苦笑した。

「それにしても和泉守め、よくぞ考えたものだ。腕は立っても御用に身が入らぬ与力と同心どもを金で釣り、田沼の若造にとって都合の悪い者を始末させて余禄を稼ぐとは……まこと、直参にあるまじき痴《し》れ者《もの》ぞ」

「躬共も遺憾に存じまする」

「分かってくれるか、寺井どの」

「お気持ちは重々承知の上にござる」

「かたじけない。貴公にそう言うてもらえるのは心強い限りぞ」

「何の、何の」

寺井が腹の中で笑っているのを、山田は知らない。

襖一枚を隔てたところで勘蔵が尻をつねり、爆笑しそうになるのを堪えているのも、まるで気付いていなかった。

それに限らず、山田には真実が見えていないのだ。

依田が暗殺奉行であるのを証明しようと躍起になり、本来ならば全力を尽くすべき江戸市中の取り締まりが疎かになっている。

たとえ配下が優秀でも、上に立つ者が浮き足立っていれば指揮は乱れ、役目が徹底されなくなってしまう。かつての北町とは違って一枚岩の団結を誇る、南町奉行所の場合は尚のことだ。

名奉行だったはずの山田の職務怠慢によって、江戸の治安は隙だらけ。

その隙を突いた勘蔵は我が物顔で買い占めをしまくり、寺井は献金でご満悦。

呆れた悪循環であり、恥ずべき矛盾であった。

この期に及んで優秀な与力と同心に早見たちを探らせれば、ただでさえ満足に行き届かずにいる現場の采配が、さらに支障を来してしまうことだろう。

しかし、当人は己の迂闊さに気付いていない。

自分は為すべきことをしているのだと、愚かにも固く信じ込んでいた。

第三章　愚直な男たち

一

小関と神谷を乗せた屋根船は、常盤橋の手前まで辿《たど》り着いた。

神谷は船から先に降り、待ち伏せをされていないか確かめる。

その間に、小関は船頭に一朱金《いっしゅきん》を握らせた。

「世話になったな。少ないけど取っといてくんな」

「そんな旦那、船賃なら前金で頂戴しておりやすよ」

「なーに、あいつとの仲を黙っていてもらいてぇだけさ。何だか知らねぇが俺に岡惚れして追っかけてきやがる、面倒くせぇ奴らがいるもんでな……」

とぼけて小関が口にしたのは屋根船で逃げたと気付き、しつこく川沿いに後を追ってきた小人目付衆のことである。小関と神谷も予備の櫓《ろ》を握り、三人がかりで漕《こ》ぎまくって何とか事なきを得たものの、危ないところだったのだ。

「そうですかい……だったら喜んでいただきやす」

船頭は子細を問わず、板金《いたきん》を懐に納めた。

「おかげさんで命拾いしたぜ。ありがとよ」

「何てことはありやせん。またどうぞ」

小関に微笑《ほほえ》み返し、船頭は櫓を握る。

「おやじどの」

「ああ」

目で合図をしてくる神谷にうなずき返し、小関は屋根船から降り立った。

去り行く船に背を向けて、二人は橋を渡り行く。

常盤橋御門が見えてきた。

御門とは、江戸城の敷地内につながる門のこと。

北町奉行所は常盤橋、南町奉行所は数寄屋橋と、それぞれ御城の外濠に架かる橋を渡った場所に在るため、どうしても御門を潜らなくては先に行けない。

二人は何食わぬ顔で歩を進め、闇にそびえ立つ御門の前まで来る。

懐から取り出したのは通行証として、それぞれの御門ごとに交付される鑑札。

しかし、装いは共に浪人姿のままである。

敵の囲みを破ったときの落としきれない泥の汚れと、交代で船を漕ぎながら汗だくになった跡が生々しかった。

髷《まげ》も乱れており、明らかに何事かあった後と見受けられる。

これでは鑑札を持っていても、不審な者と思われかねない。

だが、小関も神谷も足止めをされることはなかった。

「お役目ご苦労にござるな、各々《おのおの》がた」

番士は二人に一礼し、すっと脇に退く。

念のため鑑札こそ検《あらた》められたものの、何も問われはしない。

それもそのはずである。

隠密廻同心が御用を果たす上で、変装は欠かせぬもの。どのような格好をしていても御門を潜り、奉行所に出入りするのに障りはなかった。

そんな特権のひとつとして、隠密廻はいつでも奉行と面会できる。

末吉が健在だった頃には自分たちの悪事まで耳に入れられると思われ、頑強に阻止されたものだが、今は探索の命令も報告も依田と直《じか》にやり取りし、奥の部屋に立ち入ることさえ許されていた。

今宵も少々遅くなったものの、会って話ができるはず。

にも拘《かか》わらず、神谷の表情は冴えない。

端整な顔から血の気が失《う》せ、いつもの落ち着きを欠いていた。

船を降りるときは警戒することで気を張っていられたものの、奉行所が近付くにつれて動揺は増すばかりである。

それほどまでに、小人目付に襲われたのは思いがけないことだったのだ。

敵の強さよりも、脅された内容が深刻すぎる。

何しろ南町奉行に続いて目付にまで、影の御用が暴かれてしまったのだ。

こんなことを、依田に知らせてもいいものか。

自分にも増して打ちのめされ、立ち直れなくなるのではあるまいか——。

尽きぬ不安を抱きながら、神谷は奉行所の玄関に続く石畳を踏む。

と、その足が不意によろける。

後ろから小関に尻を叩かれたのだ。

「いつまでふらついてやがるんだい。がきじゃあるめぇに、しっかり歩きな」

「おやじどの……」

「せっかく無事に戻ってこられたってのに、浮かない顔をしてるじゃねぇか」

「お奉行に何と申し上げたらよいものか、思案をしておったのだ」

「何だ、そういうことかい」

小関はいかつい顔に苦笑を浮かべた。

「そんなもん、四の五の考えても仕方あるめぇ。ありのままに話せばいいさ」

「構わぬのか、おやじどの」

神谷は戸惑った声を上げる。

「お奉行のご心中を思えば、迂闊《うかつ》な物言いはまずかろう」

「いいんだよ、何も気遣わなくたって」

小関はさらりと答えていた。

「あのお人を見くびっちゃいけねぇぜ。そもそも俺ら下《した》っ端《ぱ》にゃ真似のできねぇことをやってのけるだけの器量がなけりゃ、奉行になれるはずがあるめぇよ」

「上に立つ者の器量……か」

「そいつがあると見込んだから、お前さんは影の御用の誘いに乗ったんだろ」

「うむ。そのとおりだ」

「へっ、俺だってそうだぜ」

小関は神谷に微笑み返す。

「こうなりゃ一蓮托生《いちれんたくしょう》さね。お奉行をひとかどのお人と見込んだからにゃ、地獄の底までとことん付き合おうじゃねぇか」

「そういうことだな、おやじどの。腹さえ括《くく》れば、何も憂うに及ぶまいぞ」

「そういうこった。さ、早いとこ行くとしようぜ」

小関は先に立って歩き出す。

後に続く神谷の足の運びも、いつもの落ち着きを取り戻していた。

二

「小関と神谷が参っただと？」

宿直《とのい》の内与力から知らせを受け、依田は殿中差を鞘《さや》に納めた。

床から抜け出し、部屋で素振りをしていたのである。

いつにない寝つきの悪さだったが、眠らずにいて正解だった。

今宵は二人とも報告には来られぬものと判じて床に就いたものの、遅くなっても戻ってきたのは喜ばしい。探索の結果は少しでも早く知りたいからだ。

（小関も神谷もよく働いてくれる……俺の見込みに狂いはなかったな）

安堵《あんど》の笑みを浮かべる依田をよそに、傍らに控えた内与力は渋い顔。早く玄関に取って返せばいいのに、ぶすっとして座ったままでいる。

理由は当人の口から明かされた。

「畏《おそ》れながら、まことに通してよろしいのですか」

「何だそのほう、不服があるのか」

「斯様《かよう》に遅く、しかも同心風情がお目通りを願うとは無礼の極み。もしもお許し願えるのなら、追い返しとう存じまする」

「これ、左様なことを申すでない」

険を含んだ言葉に対して、叱る口調は抑えたものだった。

内与力がこんなことを言いたくなるのも、無理はあるまい。

奉行所の一員になってはいるものの、内与力はすべて依田家の臣。奉行である以前に依田を主君と仰ぎ、精勤してくれている。

そんな忠義者の彼らだけに、役儀の上とはいえ夜更けに目通りを願い、主君の安眠を妨げる隠密廻を快く思わぬのも当たり前。

しかも影の御用のことなど何も聞かされていないのだから、小関と神谷をただの無礼者と見なしても止むを得まい。

苦言を呈したくなる気持ちが分かるだけに、依田も無闇に叱り付けるわけにはいかなかった。

「今宵は目が冴えて眠れずに居《お》った故、何も案じるには及ばぬ。素振りの刃音がしておったであろうが」

「されど殿、余りにも遅うございますれば……」

「誰が殿か。奉行と呼べと常々申し付けてあるはずぞ」

「も、申し訳ありませぬ」

「ならば聞け。町奉行所に在って隠密廻は格別の働きをする者たち故、いつ何時でも厭《いと》うことなく接すべしと、儂《わし》は前任のお奉行から引き継いでおる。そのほうらも決して無下《むげ》に扱《あつこ》うては相成らぬぞ。よいな」

「しかと心得ました、お奉行」

「では行くがいい。小関と神谷を早《はよ》う通してやるのだ」

指示を与えて内与力を下がらせ、依田は寝間着の襟《えり》を正す。もとより寝床は妻と別にしており、二人がすぐ姿を見せても障りはない。

廊下を渡る足音が近付いてくる。

「こんなに遅くなっちまって、すみませんねぇ」

「失礼をいたしまする」

「構わぬよ。ちょうど目が冴えておったのでな」

障子越しの声に応じて、依田は穏やかな視線を向ける。

と、その顔が強張《こわば》った。

障子を開けて入ってきた小関と神谷は、共に着衣が乱れていた。

見苦しくないよう泥を落とし、襟も正しているものの、激しく動いた後なのは
漂い来る汗の臭いで一目瞭然。怪我をした様子はなさそうなのが幸いだった。

「何としたのだ、おぬしたち。誰ぞとやり合《お》うたのか?」

「へっ、やっぱりお分かりでござんすかい」

小関が苦笑しながら、ほつれた鬢《びん》を分厚い掌で撫《な》でつける。

「ともあれ楽にせい」

足を崩すように促しつつ、依田は問う。

「今日は本郷まで参ったはずだが、一体何があったのだ」

「そこなんですがね、お奉行」

あぐらをかいて座り直すと、小関は話を切り出した。

「薬種問屋を調べ廻った帰り道で、厄介な奴らに因縁を付けられましてね。どう

にもしつこい連中だったもんで、撒《ま》くのに手間取っちまいました。そういう次第でご報告がこんな時分になりまして、まことに申し訳ございやせん」

話を前触れにとどめたのは、依田を気遣ってのこと。

包み隠さず明かすにしても、物事には順序が必要だ。

「遅うなったのは一向に構わぬが、おぬしたちが手こずるとは珍しいな。まるで地回りに喧嘩でも売られたかのような物言いだが、そのような輩《やから》にいちいち手間取りはせぬであろう」

解《げ》せぬ様子で、依田は首を傾《かし》げた。

「持って回った言い様はせずともよい。何を聞いても驚きはせぬ故、はきと申すがよかろうぞ」

二人に問いかける口調は、穏やかながら有無を言わせぬ響き。

「申し上げまする、お奉行」

小関に代わって神谷が答えた。

「我らを襲うたは地回りに非《あら》ず、御公儀の小人目付衆にございます」

「小人目付だと」

依田の表情が見る間に険しくなった。

「それはまことか、神谷」

「はい。本郷にて待ち伏せられ、刃《やいば》を向けて参りました」

「北町の隠密廻と承知の上で、命を取りに参ったと申すのか？」

「いえ。敵の狙いは、あくまで我らを生け捕りにいたすことでした」

「おぬしたちを……それはまた、何故だ」

「責め問いにかけて、口を割らせるつもりとほざいておりやしたよ」

神谷に代わって、小関が続ける。

「一体どういう次第なのか見当も付きやせんが、お奉行が影の御用を承っていなさることまで知られちまってるんでさ。それで俺らの口から裏を取ろうと、待ち伏せをしてやがったみてぇで。どうにか振り切って参りましたがね、危ないとこでござんしたよ」

「何と……」

依田は唖然《あぜん》とせずにはいられなかった。

山田が配下の与力や同心たちを差し向けたのであれば、まだ分かる。

関わりを持たないはずの小人目付が動くとは、思ってもみなかった。

（いや……関わりなど、必要ならば作ればいいだけのことだ）

依田は胸の内でつぶやいた。

思った以上に、山田は狡猾《こうかつ》な男であるらしい。

（おのれ、肥後守）

ぎりっと依田は奥歯を嚙み締める。

こちらを追い込むために、山田は汚い手を使ったのだ。

小人目付は直参旗本と御家人の罪を暴くための探索に従事する一方で、必要となれば陰で人を斬るのも辞さない集団である。一人一人の実力では小関と神谷に及ばぬまでも、集団で襲いかかってくれば手強《てごわ》いことだろう。

とはいえ、彼らは独断では行動しないはず。

何をするにも、指示を出すのは上役の目付。

十名のうちの誰かが山田と手を組み、小関と神谷を襲撃させたのだ。

「指図をしたのは寺井ですぜ」

小関がぼそりと告げてくる。

もとより依田にも心当たりのある名前だった。

「寺井玄蕃が差し金と申すのか、小関」

「へい。あの野郎なら山田肥後守と手を組んでお奉行を陥《おとしい》れ、ちゃっかり後釜に座ろうと企んだところで不思議じゃありやせんよ。出世がしたくてうずうずしてるって、専《もっぱ》らの噂になっておりやすからね」

「うむ……」

言葉少なに依田はうなずく。小関の指摘は正鵠《せいこく》を射たものだった。

寺井玄蕃は目付の職に就いて久しく、同僚たちより出世が遅れていた。なまじ切れ者なのが災いし、長きに亘《わた》って重宝がられているのである。

当人にしてみれば同期の面々に追い抜かれ、独りだけ同じ職のままで居るのが耐えがたいことなのであろう。五十を過ぎてからは焦りが一層目立ち、老中や若年寄の機嫌を盛んに取ったり、御側御用取次に付け届けを繰り返したりと、出世の糸口を得るべくあがいていた。

若いくせに欲が深い田沼意次も寺井の恩恵に与《あずか》っている様子だったが、依田は距離を置くように心がけ、評定所で顔を合わせても必要なことしか話さない。人の出世に手を貸せるほどの力はないし、当てにされても困るからだ。

そんな態度を悪く取られ、怒りを買ってもいたのだろう。

付け入る隙を見せぬ自分に寺井が苛立《いらだ》っているのは依田も察していたが、まさか山田と手を組むとは、考えてもみなかった。

黙り込んでいた神谷が、おもむろに口を開いた。

「見られていたのやもしれませぬぞ、お奉行」

「何と申すか、おぬし」

「小人目付どもは探索いたすが専らの役目にござる。もとより隠形《おんぎょう》の術も心得ておりますれば、我らの為したることを陰で見取りし上で、脅しをかけて参ったのではないかと」

「おい神谷、そんなことはあるめぇよ」

小関が慌てた様子で口を挟んだ。

「俺ぁいつだって油断なんかしちゃいないぜ。早見もそうだろうし、先生や与七にしたって勘働きは並より秀でてるはずだ。それを見られてたなんて、どうしてそんなことを藪《やぶ》から棒に言い出すんだい⁉」

しかし、神谷はあくまで冷静。

じっと小関を見返しながら、問いかける。

「気を配る余裕がなかった折もあるだろう、おやじどの」

「お前さん、いつのことを言ってるんだい」

「まずは、茅場町《かやばちょう》の潰れ長屋ぞ」

「ああ……そりゃ、あんときは多勢に無勢だったからなぁ」

ばつが悪そうに小関は続けた。

「仕方ねぇだろ、生きるか死ぬかの瀬戸際じゃ、目の前に出てくる敵しか見ちゃいられねぇよ」

「さもあろう。啄木《きつつき》の弥助《やすけ》一味を仕留めた折も、そうだったのではないか」

「仕方ねぇだろ。あれが俺らにとっては初の影御用だったのだぜ。仕損じるまいと向かっていくだけで精一杯だったのは、お前さんも同じだろうが？」

「つまりはそういうことだ、おやじどの」

神谷は淡々とつぶやいた。

「何もおやじどのばかり責める気はない。俺もまったく同じだったからな。それでも二度目からは抜かりのう気を配りて、見られたならば即座に棒手裏剣を飛ばすつもりでおったが、先だっての平田屋の寮では迂闊にも油断をしておった」

「ううん、実は俺もだ」

「まこと、慣れとは恐ろしいものぞ……」

小関と神谷はうなずき合う。

そんな二人のやり取りを、依田は黙って聞いていた。

配下たちの失態を責める気にはなれない。

依田自身、最初の影御用は似たようなものだった。

藪忠通《やぶただみち》ら年嵩《としかさ》の仲間に助けられ、危機を脱したことも一度や二度ではない。

なればこそ、咎めようとはしなかった。

しかし小関と神谷が襲撃されたとなれば、安穏としてはいられまい。

まして、新たな黒幕は厄介な相手だった。

(寺井玄蕃か……できることなら、やり合いたくはないものだ)

依田は胸の内でつぶやいた。

寺井は小兵《こひょう》ながら、侮《あなど》れぬ剣の遣い手である。

しかも大音声で相手を圧する、遠当ての術まで心得ているので実に手強い。

いざ立ち合うことになったとき、果たして勝てるだろうか――。

「どうしなすったんです、お奉行」

小関が心配そうに告げてきた。

「お顔の色が悪うございますよ。俺たちのしくじりにお腹立ちでしたら、どうかご存分に叱り付けてやっておくんなさいまし」

「いや、それはもうよい」

静かに答えると、依田は表情を引き締めた。

「何であれ、物事は初めから上手《うま》くはいかぬ。影の御用も同じことぞ」

「お奉行、されど我らは……」

神谷が何か言おうとする。

「構わぬ」

手で制し、依田は続けた。

「おぬしたちは少なくとも、狙《ねろ》うた的を仕留め損ねてはおらぬからな。漏れなく始末を付けることで、こたびの失態は不問にいたそう」

「ほんとにそれでよろしいんですかい」

「済んだことを悔いても何も始まらぬ。臆することなく、今から為し得ることをいたすが肝要と心得るのだ」

二人に向かって説き聞かせる依田も、臆している場合ではなかった。

たしかに寺井は強者《つわもの》だが、屈してはなるまい。

武芸者として優れた腕を持ちながら平らかな心を保てずに出世を焦り、形振《なりふ》り構わぬ有り様を周囲に見せておいて何ら憚《はばか》らずにいる、そんな輩《たい》なのである。

話にならない俗物は、口を封じるまでのこと。

寺井と話し合うつもりなど、最初《はな》から有りはしなかった。

田沼に事情を打ち明け、適当に昇進させるのと引き換えに影御用について口外させないという方法も、考えられなくはない。

だが、俗物の欲とは計り知れぬものである。

分不相応な出世を望み、二度三度と脅しをかけてくることもあり得よう。

やはり、この機に始末を付けるべきなのだ。

（断じて負けてはなるまいぞ……）

それにしても許しがたいのは、山田利延。

寺井と手を組むほど見境がないとは、依田もさすがに思っていなかった。

そもそも山田がこちらに挑んできたのは、家重公を護《まも》りたいが故のはず。依田が田沼と将軍の威光を悪用し、手を組んで荒稼ぎをしていると心得違いをされただけで、根は悪人ではないと見なしていた。

しかし、裏を返せばひどいもの。

この様子では寺井と同様、始末せざるを得まい。

（性根だけは真っ直ぐな奴と見込んでおったが、とんだ食わせ者だったか……）

腹立たしい限りであったが、ここから先は依田の役目。

思わぬ災厄に見舞われた小関と神谷には、まずは休息を与える必要がある。

「ともあれ無事で何よりであった。明朝は出仕するには及ばぬ故、今宵はゆるりと休むがよかろう」

そう言って労をねぎらい、依田は二人を引き取らせた。

「さて、続きをやるといたすか」

ひとりごちると、再び殿中差に手を伸ばす。

寺井と山田に対し、どのように接するのかはすでに決まっていた。

何を言われても、あくまでとぼけ通せばいい。

下手に動揺や憤りを見せてしまえば、相手の思うつぼである。

あくまで平然と振る舞い続け、逆に気を萎《な》えさせてやるのだ。

そうするためには常にも増して、平常心を養わねばならなかった。

「……………」

依田は片手中段の構えを取った。

すっと頭上に振りかぶるや、間を置くことなく斬り下ろす。

大きく弧を描いて確実に物打《ものうち》を利かせ、一刀の下に骨まで断ち割ることを想定しての素振りは、依田にとっては心の鍛錬を兼ねていた。

斬るつもりで振るっていても、殺気は見せない。

思い切り気を放てば、多少は剣の心得がある内与力たちはもちろん、妻子まで目を覚ましてしまう。

それに斬る気が先に立ったところで、いいことなど何も有りはしない。

主君に命じられれば人を斬るのも辞さぬのが武士の定めだが、好んで刀を血で濡らすようになってはお終いだ。

徳川の天下も九代続き、かつての戦乱は絶えて久しい。

太平の世における武士はできるだけ刀を抜くことなく相手を制し、互いに血を見ずに済ませる者こそ強いとされている。人を活かす剣、すなわち活人剣《かつじんけん》だ。

その逆である殺人剣が必要とされるのは、決して好ましい話ではない。

暗殺奉行の依田とて、好きこのんで人を斬っているわけではなかった。

しかし哀しい哉《かな》、江戸には道理の通じぬ者が実に多い。

罪を犯した者は法の下に裁かれ、しかるべき罰を受けさせるのが本来あるべき姿だが、当節は金と権力を悪用し、裁きから逃れる輩が増える一方。故に家重公は影の御用を再び始め、依田に白羽の矢を立てたのだ。

天下人に見込まれたからといって、素直に喜べる役目とは違う。もちろん出世したわけではなく、むしろ貧乏くじをひかされたと言うべきだろう。

されど、これは誰かがやらねばならぬこと。

この世に悪がのさばる限り、闇で裁くより他にない。

そうでもしなければ、外道《げどう》どもは同じ所業を繰り返す。

己が悪事を働いている自覚すら持たぬ者が多いのだから、斬り捨てて存在そのものを消滅させるか、生涯閉じ込めておくより他にあるまい。

斯《か》くも非情な裁きの実行役に、依田は選ばれたのだ。

この太平の世を生きながら、殺人剣を振るい続けなくてはならぬのだ。

（いや……これもまた、活人剣には違いあるまいよ）

黙々と殿中差を振るう依田は、殺気に囚《とら》われてはいなかった。

人を活かす剣とは、よく言ったものである。

悪党どもが退治されれば、必ず救われる者がいる。

直に感謝されることなどなくても、手を汚す甲斐《かい》はある。

そんな考えができるのも、依田が人の親なればこそであった。

親子の絆が拡がれば家族となり、さらに大きくなって国となる。

将軍家の威光に逆らう輩を討ち、日の本の安寧《あんねい》を保つことは、ひいては依田の家を護ることにつながるはずだ。

もちろん身内ばかりではなく、無辜《むこ》の民が蹂躙《じゅうりん》されるのを救うためにこそ戦わなくてはならない。そのために刀を血塗らせるのなら、斬るたびに人知れず研ぎに出す後ろめたさにも、何とか耐えられるというものだった。

こたびもまた、臆してはなるまい。

斬るべきときには、迷わず抜く。

仕損じるのを防ぐためには、常に腕も磨いておかねばならない。

「むん！」

明かりを落とした部屋の中、依田は休むことなく素振りに励む。

冴えた刃音は絶えることなく、深更まで打ち続いた。

三

翌日は雲ひとつない快晴だった。

寝不足の目には晴れ渡った空と、きらめく朝日がまぶしすぎる。

（ううむ、ちと呑みすぎたな）

しつこい頭痛に耐えながら、山田は登城のための身支度をする。

昨夜はあれから摂津屋の新しい寮に招かれ、過分な接待を受けた。

寺井と話をしている最中に来合わせた、勘蔵に連れて行かれたのだ。

偶然でも何でもなく、最初から計算ずくと知らずにいるのは山田だけ。

寺井からも河岸を変えて気分直しをしようと勧められ、断り切れずに同行した先には美酒美食の膳が調い、摂津屋の見目佳《みめよ》き女中たちまで控えていた。

改装されたばかりの向島の寮は暗殺奉行の一党によって罪を暴かれ、晒《さら》し者《もの》にされたあげくに死罪となった平田屋の持ち家だったという。公儀が家財ともども召し上げ、安く売りに出したのを勘蔵が手に入れたのだ。

詳しく明かそうとはしなかったものの、上《うえ》つ方《かた》との日頃のコネを活かして一番低い値で入札し、ただ同然で買い取ったに違いあるまい。

そんな場所に招かれたところで心地よく酔えるはずもないし、そもそも山田は酒を余り好まぬ質《たち》である。

だが、寺井と勘蔵は違った。

小兵ながら底なしに酒が強く、たちまち山田は酔い潰されてしまった。

それでも何とか眠り込まずに帰宅したのは、旗本は大名と同じく、外泊を禁じられていればこそ。

寺井に引き止められても相手にせず、おぬしはともかく南町奉行の自分が禁を破っては示しがつかぬと主張して黙らせ、渋る勘蔵には何としても夜が明ける前に戻らなくてはと頼み込んで、迎えの船を無理やり呼んでもらったのだ。

（まことに危ないところであった。向後《こうご》は迂闊に応じてはなるまいぞ……）

麻裃《あさがみしも》をまといながら、山田は反省しきりだった。

役人は公平な立場で在り続けるため、金品は絶対に受け取らない。

山田は若い頃から左様に心がけ、努めて堅実に生きてきた。

とはいえ多少の接待は付き合いの上で受けざるを得ないが、それも相手によりけりである。酒席を一度共にしただけで厚かましく、便宜を図らせようとする手合いとは、関わりを持たぬように気を付けている。

どうやら摂津屋勘蔵も、そういう類《たぐ》いの一人であるらしい。

勘蔵は豪商ながら、かねてより評判の良くない男。表向きは真っ当な大店《おおだな》のあるじらしく振舞っているものの、よほど強引なやり方で商いを拡げてきたらしく黒い噂は後を絶たない。

近頃は流行《はや》り病《やまい》のはしかに効くとされる品々を買い占め、値上げを企んでいるらしいと山田も見なしてはいたが、まだ確証を得るには至っていなかった。

いつもであれば、もっと調べも進んでいるはずである。

しかし山田はこのところ、町奉行の役目に集中できていない。

登城している間は田沼と依田の黒いつながりを暴くのに躍起になりすぎ、南町奉行所に戻っても気がそぞろで、諸々《もろもろ》の御用がすっかり疎《おろそ》かになっていた。

これは二日酔いよりも反省すべきことだろう。

(くそっ、あやつらを探るのにこれほど手間を取らなければ、摂津屋の探索に今少し力を入れ、皆にも的を射た下知《げち》ができるものを……うぅむ、いつまでもぐずぐずしてはいられぬぞ)

重ねて気を引き締め、山田は廊下に歩み出た。

ぴんと肩衣《かたぎぬ》が張り、背筋もきれいに伸びている。

玄関に立ち、式台に横付けされた駕籠《かご》に乗り込む。

四人の陸尺《ろくしゃく》が担ぎ上げる、専用の乗物は引き戸付き。

供の侍と中間《ちゅうげん》をずらりと従え、山田は役宅を後にした。

南町奉行所が在るのは、常盤橋の北町奉行所から見れば文字どおり南に当たる数寄屋橋の御門内。

同じ江戸城の外濠沿いでも離れており、定例の内寄合や評定所での合議の他に双方の奉行が行き来することもない。

もっとも、城中では毎日顔を合わせているのだが――。

(和泉守め、今日こそ口を割らせてやるぞ)

乗物に揺られながら決意も固く、山田は胸の内でつぶやいた。

朝餉《あさげ》の粥《かゆ》と一緒に口にした、梅干入りの熱い番茶が効いたのか、しつこかった頭痛も徐々に収まりつつある。

顔を洗うときには生え際を入念に冷やし、匂いが鼻を突く鬢《びん》付け油を控えめにさせたのもよかったのだろう。

(見ておるがいい、痴《し》れ者《もの》どもめ)

江戸城が近付くにつれて山田の闘志は燃え盛る。

今日は常にも増して厳しく依田を責め立て、勢いに乗って田沼の若造に対しても舌戦を仕掛けるつもりであった。

だが、事は思惑どおりには運ばぬもの。

依田の態度が、昨日までとは一変していたのだ。

登城した役人たちが身支度を調え直す、本丸御殿の玄関を入ってすぐの下部屋《しもべや》で顔を合わせたときから、様子はすでにおかしかった。

連日の山田の尋問に耐えかねて、朝から塞ぎ込んでいたわけではない。

その逆で、妙に明るくなっていたのである。

「これはこれは肥後守どの、何か佳《よ》きことでもお有りかな？」

にこにこしながら進んで挨拶をする様は、気味が悪いほど愛想がいい。

出鼻をくじかれたと思いながらも、山田は仏頂面で応じた。

「べ、別段何も変わりばえはしておらぬ」

ぶすっとした顔でこう言われては、取り付く島もないはずである。

されど、依田は平気の平左。

「ははは、それは重畳《ちょうじょう》。日々是《これ》平穏に勝るものはござるまい。ぜひ躬共《みども》も貴殿を見習うて、今日一日を何事もなく過ごしたいものよ。はははは」

この男、朝から笑い茸《だけ》でも食わされたのか。

しかし、そんなことは有り得まい。

依田は若い頃に亡き吉宗公の御膳番を務め上げ、毒味役も兼ねていた身。

自ら妙なものを口にしないのはもちろんのこと、他人に毒を盛られても即座に気が付くはずである。

毒きのこにやられたのでもなければ正気のままで、わざと愚者を装っているということだ。

（こやつ、ふざけおって）

山田は思い切り凄《すご》みを利かせて睨《にら》み付けた。

それでも依田は動じない。

「いやいや、今日は良き日和《ひより》ですなぁ」

変わることなく、満面の笑みで呼びかけてくる。

「肥後守どの、お支度はよろしゅうござるか」

「見て分からぬか。疾《と》うに調うておるわ！」

「それは重畳。さぁ、御用部屋に参りましょうぞ」

依田は先に立って歩き出す。

喧嘩腰で一喝されても取り合わず、終始笑顔を崩さない。

これでは山田も調子が狂うばかり。

移動した先でも、依田は陽気なままだった。

町奉行の御用部屋は、下部屋と同じく二人で一間。

（こやつ、何を考えておる……？）

机を並べて執務しながら、山田は戸惑うばかりであった。

席に着いたとたん、依田が一変したのだ。

他の役人たちと接する態度は、いつもと変わらずきびきびしている。

雑務を任せる下役に限らず、上つ方にも堂々としていた。

山田が黒い関係を疑う田沼意次に対しても、何ら媚《こ》びることはない。

それどころか常にも増して素っ気なく、山田の目を避けて二人きりになろうとするどころか、御用部屋まで訪ねてきたのを早々に追い返す始末であった。

「和泉守どの、件《くだん》の御用だが」

「目下《もっか》手を尽くしておりまするが、何か？」

「い、いや。遺漏なく進めてくれておるのならば、それでよい」

「上様には何卒ご心配なきようにと、よしなにお伝えくだされ」

欲得ずくで手を組んでいれば、こんな態度は取れぬはず。

(気脈を通じておるのではなかったのか……)

目を白黒させる山田の視線の先で、依田は休憩に入っていた。

茶坊主に運ばせた碗の蓋を取り、漂う香りに目を細める。

山田に凝視されても気にすることなく、穏やかに微笑み返すのみだった。

（ふん、いつまで芝居が続くか見ものだの）

胸の内で毒づきながら、山田は茶托に手を伸ばす。

効き目は皆無と分かっていても、睨まずにはいられない。

すると手許が狂い、茶がこぼれた。

「熱っ」

山田は思わず声を上げた。

「大事ござらぬか、肥後守どの」

茶坊主が慌てるよりも先に、すーっと依田が膝を寄せてくる。

「さぁ、どうぞお使いくだされ」

「き、気遣い無用っ」

差し出された手ぬぐいを断り、山田は顔を背けた。

赤く腫《は》れた手をさすりつつ、ちらりと依田に視線を戻す。

「そのまま、そのまま」

茶坊主を制した依田は、畳にこぼれた茶を手際よく拭き取っていた。

邪険にされながら、続けて山田を気遣うことも忘れない。

「早う冷やしたほうがよろしゅうござるぞ、肥後守どの」

「分かっておる」

山田は憮然《ぶぜん》としながらもうなずき返す。

「かたじけない」

一応は、礼も述べておいた。

腹立たしくとも、さすがに難癖までは付けられなかった。

依田の一挙一動は、あくまで自然。

含むところはまったくなく、人を食った物言いも、思わぬ災難を案じてくれるのも、すべて本音と受け取れた。

されど、寺井玄蕃は違う。

態度も言葉も露骨なほどに芝居がかっており、何ら誠意を感じさせない。

摂津屋勘蔵も同じだった。

愛想を言いながらも目は笑っておらず、常に醒《さ》めている。商人の習いと言えばそれまでだが、本性も非情極まりないと見なしていい。

できることなら付き合いたくはない手合いであった。

山田とて、町奉行となって三年目。人を見る目もあるつもりだ。

寺井と勘蔵が漂わせる、きな臭さを感じ取れぬほど鈍くはなかった。

あの二人こそ実は田沼と結託し、影の御用と称して都合の悪い相手を次々に闇に葬り去っていると言えば、誰もが信じることだろう。

しかし依田を告発したところで、果たして世間は信用するだろうか。

配下の与力と同心たちも、周囲から人斬りと疑われてはいない。

若い早見兵馬と神谷十郎も、年嵩《としかさ》の小関孫兵衛も、役人として優秀であるとは言いがたく、怠け者と専らの評判である。

それでも仕事を抜きにした人柄は良いらしく、山田が調べた限りでは、北町はもとより南町奉行所でも、本心から悪く言う者は一人としていなかった。

だが、山田はこの目で見てしまったのだ。

依田が自ら人を斬る、その現場を――。

四

ひと月前のことである。

まだ花冷えのする夜更けに、茅場町の潰れ長屋で暗闘が繰り広げられた。

気配を殺して身を潜め、目の当たりにしたのは思いがけない光景だった。

斬り伏せられたのは北町を牛耳《ぎゅうじ》る悪与力の末吉正道と、その走狗《そうく》になっていた同心の京田宗六《そうろく》に大橋多助《たすけ》、加勢に集められた無頼の浪人ども。

悪党ながら腕利き揃いの面々を死闘の末に殲滅《せんめつ》したのは、早見兵馬と神谷十郎に小関孫兵衛。そして事もあろうに新任の北町奉行、依田政次であった。

お忍びで歩いてなければ、そんな場面に出くわすこともなかったはず。

山田は三年前に南町奉行の職に就いて以来、現場を知らずして配下の指揮など取れぬという信念の下、月に一度は独りで市中を巡回している。

その夜も築地から銀座まで出向いた帰りに茅場町の長屋の件を思い出し、気味悪がって誰も近付かないのをいいことに入り込む者が居るのでは、と案じて立ち寄ってみたところ、突如として激しい斬り合いが始まったのだ。

本来ならば驚く前に割って入り、すぐに止めるべきだったのかもしれない。

山田が手を出すことを思いとどまったのは、末吉一派の悪辣《あくらつ》ぶりをかねてより承知していればこそだった。

御用繁多な町奉行に代わって与力が現場を預かるのは南町も同じだが、北町は古参与力の末吉が幅を利かせすぎていた。

なまじ有能で仕事が速いため前任の北町奉行だった能勢頼一《のせよりかず》に重宝され、その信頼を逆手に取って裏では悪行三昧。新任の依田に対しても強気に出て、現場のやり方に口を挟ませずにいた悪与力は、山田から見ても不快な男であった。

あそこまで増長されては、力ずくで排除しようと依田が決意を固めたとしても無理はあるまい。

左様に判じ、武士の情けで一度は見逃したのだ。

しかし、後がいけなかった。

依田は早見たち三人の与力と同心に加えて牢屋敷出入りの女医、さらには豪商の若旦那と手代まで駆り出し、御法破りの悪党退治を始めたのだ。

最初に依田が槍玉に挙げたのは名うての盗賊一味と、その後ろ盾になっていた旗本たちだった。

殺しの現場を再び目撃することこそ叶わなかったものの、亡骸《なきがら》に残された傷を自ら検《あらた》め、山田はすぐに気が付いた。

啄木の弥助と配下の盗っ人を仕留めた手口は、豪快な真っ向斬りと狙いも正確無比な棒手裏剣、そして柔術による骨砕き。

早見と神谷、小関の三人が得意としており、茅場町の潰れ長屋の戦いにおいて振るった技に他ならなかった。

そして黒幕の旗本たち――弥助一味を屋敷内に匿《かくま》い、盗んでくる金の上前を撥ねていた小普請改役の小峰直行《こみねなおゆき》と、上役で分け前に与《あずか》っていた小普請支配の大《おお》場種継《ばたねつぐ》は、手の込んだやり方で仕置をされていた。

それぞれの屋敷から連れ去られ、見付かったのは江戸湾を漂う小舟の上。

小峰と大場もぐったりした態《てい》で助け出され、放心して鱶《ふか》が鱶がと言うばかりで何があったのかは定かでないが、舟には一連の悪事を自供した書き付けに添えて盗っ人どもがあちこちの大店から奪った極印《ごくいん》入りの切り餅、そして弥助との取り引きの条件を明記した念書まで置かれており、罪状は明白だった。

かくして小峰と大場は裁きを受け、二人揃って流刑に処されたのである。

すべて依田が指示を出し、早見たちにやらせたことに違いない。

同じことが二度三度と続くうちに、山田の疑問は確信へと変わった。

そして腕利きの目付である寺井玄蕃に事の次第を打ち明け、平田屋一味が退治されるのを小人目付衆に見届けてもらったのである。

町奉行が天下の御法を自ら破り、人斬りの束ね役になるとは以ての外だ。

しかも、狙う相手は大物ばかり。

たとえば平田屋は幕閣のお歴々に賄賂《まいない》をばらまき、不当な商いを目こぼししてもらっていた大物の悪徳商人。北町より格が上の南町奉行といえどもまったく手に負えず、悪事の証拠を摑んで捕らえても、老中からの指示でいつも早々に解き放たざるを得ずにいた難物だった。

どうしても裁きたければ晒し者にして罪状を世間に公表し、今まで買収されていた幕府のお偉方も二度と庇《かば》い立てができないように、しかるべくお膳立てするしかなかったことだろう。山田自身もそうしてやりたいものだと一度ならず考えながらも、ついに実行には移せなかった。

無理もあるまい。

そんな真似をしたのが発覚すれば引き換えに職を失うか、悪くすれば詰め腹を切らされる羽目になってしまう。

正義を貫くためとはいえ、そこまでやれるはずがない。

ところが依田は、あっさりとやってのけた。

完全に町奉行の役目を超えた、大それた所業であった。

依田はどうして、あのようなことができるのか。

当人の意志ではなく、何者かに命じられているのではあるまいか。

いずれにせよ、必ず裏があるはずだ――。

新たな疑念を抱いた山田は、引き続き寺井と小人目付衆に依田の監視を任せる一方で自らは田沼意次の動きに注意を払い、過去も調べた。

その結果、思わぬ裏が取れたのである。

依田だけでなく、田沼からも怪しい点が見出されたのだ。

父親の意行《おきゆき》は吉宗公の目に留まって抜擢され、百五十俵取りの旗本から出世を遂げている。山田も歳が近い意行とは面識があり、美男と評判で剣の腕が立つ上に頭脳も明晰な知勇兼備の士だったのを、よく覚えていた。

とはいえ人には限りというものがあり、如何《いか》に優秀であろうと分不相応な待遇は受けられない。格の違いが重んじられる武家においては、尚のことだ。

ところが吉宗公の田沼意行に寄せる信頼は尋常ではなく、時の南町奉行だった大岡忠相《ただすけ》も意行とは昵懇《じっこん》にしていた。

今にして思えば、解せないことだ。

紀州藩主から八代将軍の座に着いたのに伴い、吉宗公は数多くの藩士を旗本に取り立てている。他ならぬ依田政次もその一人だったが、もとより優秀である上に信濃《しなの》源氏に端を発する名家だけに、出世できたのも妥当と言えよう。

だが意行は、元をただせば一介の浪人。

婿入りした田沼家にしても、最初は紀州藩の一足軽にすぎなかった。

にも拘わらず出世を重ね、息子の意次に至っては父にも増して重く用いられた末に、若くして御側衆にまでなっている。

破格の出世は意行が吉宗公のために何か特別の御用を承り、陰で働いていたが故なのではあるまいか――。

そこまで勘付いた山田だったが、依田については見る目が甘い。

まさか影の御用を命じているのが家重公とは、考えてもいなかった。

望まずして将軍職に就かされた、気の毒な人物としか見なしていないのだ。

不明瞭なのは言葉だけで頭は常人よりも冴えており、それでいて山田が憐れむ以上に純粋であるが故に裁きを逃れる悪党どもを許しておけず、亡き父の吉宗公が意行らに密かに命じていた影の御用を自らの意志で復活させたとは、夢想だにできずにいた。

事の真相を知らぬまま義憤を抱き、邪魔立てされるのは厄介なものである。

今の山田がやっているのは、まさにそんな行動だった。

手前勝手な理屈に囚われて、真の家重公が見えていない。

（御気の毒な上様をいつまでも、田沼の若造と和泉守めの好きにさせておいてはなるまいぞ……何としても、お救いいたすのだ）

城中での勤めを終え、下城する乗物の中でもそんな愚考を続けていた。

しかし、山田がどれほど独りで躍起になろうと無駄なこと。すでに依田は人を食ったかのような態度を取り始め、こちらが何を言っても話にならない。

田沼はもとより付け入る隙を見せず、若いながらも太刀打ちしがたい。

昨夜は寺井に小人目付を差し向けてもらい、小関と神谷を生け捕りにして依田の秘密を吐かせようと試みたものの、思った以上に手強かった。

いずれにせよ、依田にこだわるばかりでは埒《らち》が明くまい。

そろそろ配下の面々に狙いを切り替える頃合いだった。

とはいえ彩香や新平、与七には手を出しにくい。評判の女医の身に何かあれば患者たちが騒ぎ立てるであろうし、八州屋の若旦那に無体を働けば、それこそ大ごとになってしまう。しかも八州屋では奉公人も手厚く庇護されており、手代といえども痛い目に遭《あ》わせれば隠居の勢蔵が黙っていない。

ここはやはり、依田の配下の三人に狙いを定めるべきだろう。

されど力押しで攻めても上手くはいかぬのは、昨夜の不首尾からも明らか。

ならば、情に訴えかけてはどうだろうか。

揺れる乗物の中、山田はしばし黙考する。

思案の末に選んだ的は、小関孫兵衛。

(強面《こわもて》なれど情に厚きところが、あやつの甘さぞ。ここはひとつ、搦《から》め手《て》で仕掛けるとしよう……)

山田の考えはまとまった。

差し向ける者たちの顔触れも、すでに心に決めてあった。

五

南北の違いがあっても、二つの町奉行所で働く役人の数は変わらない。

たとえば吟味方は南北ともに定員は与力十名、同心二十名と決まっている。

山田が目を付けたのは、南町の吟味方で働く与力と二人の同心だった。

奥まで続く廊下を渡る、足の運びは滑らかだった。

無闇に音を立てることもないのは、自然に摺《す》り足で動く癖が身に付いていればこそである。

(さすが、若いながらも柔術《やわら》の手練《てだれ》だな)

笑みを浮かべつつ、山田は脇息《きょうそく》を後ろに置く。

用部屋を兼ねた私室には、他には誰もいない。

すでに八つ時（午後二時頃）を過ぎていた。

下城して麻裃を脱いだ山田の装いは、くつろいだ羽織と袴。

お付きの内与力に人払いを命じ、来客があっても取り次がず待たせておくように申し付けてあるので、盗み聞きをされる恐れはない。

程なく、障子に長身の影が映った。

「お呼びでございますか、お奉行」

「花井《はない》か」

「失礼をいたします」

朗々とした声が聞こえると同時に、障子が開く。

「御用繁多の折に相すまぬの」

「滅相もありませぬ」

その与力は敷居際に折り目正しく座したまま、きびきびと答えていた。

花井真太《しんた》、二十七歳。

本役に就いて間もない、吟味方の若き与力である。

吟味方与力の内訳は本役四名、助役四名、見習い二名。

見習いは元服したての若輩で、本役を務める父親の下で仕事を覚え、二十歳《はたち》を過ぎて助役となり、さらに経験を積んで本役に就く決まり。花井も昨年の暮れを以て親が隠居し、役目と家督を継いだばかりだった。

二人は改めて向き合った。

「父御《ててご》は息災にしておるか」

「はい。おかげさまをもちまして、毎日楽をさせていただいております」

「ふっ、実は暇で仕方がないとでも申しておるのだろう」

「お分かりになりまするか」

「ははは、まことに御用熱心であった故な」

山田の顔には自然と笑みが浮かんでいた。

花井は温厚な男であった。取り立てて愛想が良いわけではなく、あれこれ世辞を言うこともないのだが、言葉を交わすと心地いい。

これも人徳と言うべきであろう。

誰からも好かれており、見習い与力だった頃から市中での評判も上々。

それでいて優しいばかりではなく、柔術の大した遣い手でもある。

腕前は捕物御用が本職の廻方同心たちに引けを取らず、本気で組み合えば南町で敵《かな》う者はいないと評されるほど強い。

山田が花井を選んだのも、その柔術の腕前を見込めばこそだった。

「おぬし、小関孫兵衛を存じておるな」

「はい、私の師匠です」

「そのように耳にしておる。元服前から二十年来の付き合いだそうだの」

「仰せのとおりにございます」

「未だに行き来をしておるのか」

「残念ながら、なかなかお目にかかることが叶いませぬ。このところお忙しいご様子で、亀島町《かめじまちょう》の稽古場にも出て来られませぬ故」

「それほど御用繁多なのか」

「子細までは存じませぬが廻方でも隠密廻だけに、余人の思いもよらぬところでご苦労が多いのでありましょう。怠け者と見せかけながら、きっと陰では力を尽くしておられるはずです。私はあれほど勤勉な御仁《ごじん》を他に知りませぬ」

「成る程のう」

山田は感心した態を装う。

実は影の御用をやらされていて忙しいのだとは、さすがに言えなかった。

依田のことは悪人と決め付けているものの、配下として影の御用に使役されている与力と同心たち——早見と小関、神谷については、できることならば救ってやりたいものだと、山田もかねてより考えていた。

上役の命令に逆らい通すことは、難しい。

まして武士は太平の世でも、主君が命じれば人を斬るのも辞さぬのが習い。

もちろん小関たちは依田の家臣というわけではなかったが、あの男が北町奉行で在り続ける限りは、従わざるを得まい。

愚かな男が奉行になったのが災いし、振り回されては気の毒だ。

ともあれ、小関に人徳があるのはよく分かった。

「おぬしがそこまで申すのならば、間違いあるまいぞ」

「あの御仁を抱えておられる北のお奉行は、まことにお幸せかと」

「これ、儂《わし》の前で和泉守を持ち上げるとは何事か」

「失礼をいたしました」

「良い、良い」

「恐れ入りまする」

二人は笑みを交わし合う。

機を逃すことなく、山田は話を切り出した。

「そこでおぬしを見込んで頼みがあるのだがな、花井」

「何でございますか、お奉行」

「小関を救うてやりたいのだ。おぬし、手を貸してはもらえぬか」

ずばりと告げられても、花井は動揺を見せなかった。

「それは如何なることでありましょう」

凛《りん》とした瞳で山田を見返し、穏やかな面持ちで問い返す。

「まずは子細をお聞かせいただけませぬか、お奉行」

「そこなのだがな、花井」

山田はそつなく答えていた。

「実は儂も詳しくは存じておらぬのだがな、和泉守に理不尽な御用を押し付けられて、大層難儀をしておるらしい」

そういうことなので、後は当人に訊《き》くがいい。

左様に続けるつもりだったが、花井の言葉が速かった。

「成る程……それはお気の毒なお話ですが、やむを得ますまい」

「そ、それでよいのか、おぬし？」

山田は慌てた声を上げる。

目論見《もくろみ》が違ってしまい、すっかり慌てていた。

ここは小関に同情させ、花井を動かさなければならないところ。首肯されては困るのだ。

「しかと考えよ。小関孫兵衛はおぬしにとって、幼き頃より師と仰いで参った男なのであろう？　父御と小関が不仲になりし後も、隠れて稽古を付けてもらっておったと聞いておるが、違うのか」

「それはそれ、これはこれにございます」

「おぬしは何を言うておるのだ、しっかりせい」

「致し方ありませぬ。御用と申さば畏《おそ》れながら上様の御為《おんため》に働くこと……我らは禄を食《は》む身にござれば、小関先生とて否やはございますまい」

「いや、いや、違うのだ」

山田はすかさず首を振った。

内心の焦りを抑えつつ、早口で告げる。

「御用と言うたは誤りぞ。正しく申さば私用にすぎぬ」

「私用、にございますか？」

「うむ」

手ごたえを感じながら、山田は言った。

「和泉守はまこと手前勝手な男ぞ。役儀とは関わりなきことで、小関ほどの者を使い立てしておるのだからな」

「それはたしかに理不尽でありますな」

花井の目が鋭くなる。

ここぞとばかりに山田は続けた。

「しかも命じておるのは和泉守のみに非ず。これだけは明かしておくが、こたびの件には田沼主殿頭も絡んでおるのだ」

「主殿頭さまと申せば、あの御側衆の」

「左様。賢《さか》しらげな若造よ」

「成る程……それではお奉行がご懸念なさるのも、無理はございますまい」

合点が行った様子で花井はうなずく。

悪名高い田沼を持ち出したのは正解だった。

ともあれ話に乗ってきた以上、逃してはなるまい。

「さればお奉行、私は何をいたせばよろしいのですか」

花井が勢い込んで問うてくる。

「まずは小関を探ってもらおう」

満を持して、山田は言った。

「もとより悠長に構えておられぬが、くれぐれも急《せ》いてはいかんぞ。長年の付き合いを活かし、情に訴えかけるのだ」

「心得ました」

「されば、川野《かわの》と戸崎《とざき》も伴うがよかろうぞ」

「よろしいのですか？」

「おぬしたちは幼少の頃より、共に小関に柔術を習《なろ》うた仲と聞いておる。皆で顔を見せてやればあやつも安堵し、儂にすべてを任せる気になってくれるであろうからの。そのようにいたすがいい」

「お気遣い、かたじけのう存じまする」

「しかと頼むぞ」

「ははっ」

花井はきびきびと頭を下げる。

しかし去り際に、こんなことを問うのを忘れなかった。

「時にお奉行、摂津屋の件にございますが」

「何だ、そのことならばおぬしの上役に申し付けてあるはずぞ」

答える山田は内心バツが悪い。

悪しき商人と心ならずもつながりを持っていると明かせば、純真な花井はさぞ失望するに違いあるまい。

この花井が摂津屋勘蔵をはしかの流行に乗じた買い占めの黒幕と疑い、再三に亘って店への立ち入りを主張しているのは、山田も承知の上だった。

何のしがらみもなかったら、若い熱意を買ってやりたい。

だが、今は時期が悪い。

依田の悪事を白日の下に晒すまで、勘蔵を敵に回すわけにはいかないのだ。

「よいか花井、おぬしといえども出過ぎた真似は許さぬぞ」

「お奉行」

「物事には頃合いというものがある。摂津屋を叩くのはまだ早い」

「されどこのままでは、はしかで命を落とす者が後を絶ちませぬ。とりわけ幼《おさな》子《ご》が大勢空《むな》しゅうなっておるのは、お奉行とてご存じでありましょう」

「左様な考えをいたすは止めておけ。気に病めばキリがなかろう」

「そんな、殺生でございます」

「おぬしの息子は平癒《へいゆ》したと聞いておるぞ、花井」

「そ、それはそうですが」

「ならばよいではないか。他人の子らまで何とかしようと気張っていては、その身が持つまい」

「お奉行……」

「何事も程々にいたすが肝要と心得よ。小関孫兵衛の件、しかと頼むぞ」

それだけ告げ置き、山田は席を立つ。

廊下を去り行く後ろ姿を、花井は苦渋の面持ちで見送るしかなかった。

第四章　俺の愛弟子

一

吟味方の用部屋に戻った花井は、二人の同心を呼んだ。

もちろん、他の与力たちが出払った隙を狙ってのことである。

「川野と戸崎、参りました」

同心たちは並んで座り、敷居際で深々と一礼した。

「入ってくれ。誰も居ないから、気を遣わなくてもいい」

「ほんとかい、そいつぁ有難えや」

がらりと口調を変えた同心は目が大きく、面構えも猛々しい。

「変わり身が早すぎますよ、川野さん」

後に続く同心は小柄で色も白い、見るからに大人しそうな若者であった。

川野仁吉《にきち》、二十六歳。

戸崎誠吾《せいご》、二十五歳。

与力と同心で立場こそ違えど、花井とは八丁堀で共に育った幼馴染《おさななじ》みだ。

そんな二人の顔を見て、花井は安堵していた。

何があっても、こうして言葉を交わせば心持ちも明るくなる。

余人に頼めぬ仕事も、彼らにならなら任せられる。

摂津屋の件には訊《き》く耳を持たぬ山田も、そんな幼馴染み同士の友情は分かってくれているらしかった。

「聞いてくれぬか、おぬしたち」

山田とのやり取りで打ち沈んだ気分を取り直し、花井は話を打ち明けた。

しかし、さすがに二つ返事とはいかなかった。

「馬鹿を言うない。あの先生が主殿頭なんかのために動くはずがねぇだろうが」

「有り得ませんよ、そんなこと」

川野と戸崎は口々に言った。

とりわけ川野は収まらぬ様子である。

「そいつぁお奉行の思い過ごしじゃないのかい、花井さん」

同心が与力に対して取る態度ではなかったが、子どもの頃から付き合いが長いだけに、人目がなければ口調も砕ける。

「ううむ、言われてみればそんな気もして参るなぁ」

押しの強い川野に迫られ、花井は困った顔になる。

そこに戸崎がやんわり割り込んだ。

「それならそれで、はっきりさせたらいいじゃないですか」

「おいおい誠吾、それじゃお奉行に難癖を付けることになるのだぜ、花井さんの顔が立たなくなっちまうだろうが⁉」

「大丈夫ですよ」

ぎょろりと目を向く川野に動じず、戸崎は微笑む。

「お奉行は先生のことを案じてくださっているのでしょう？　だったら取り越し苦労で済んでよかったと思ってくださるはずですよ」

「そうだぞ誠吾、おぬしの申すとおりだ」

花井がにっこり笑って言った。

「今宵にも組屋敷にお邪魔いたし、先生と話をさせてもらおうぞ」

「もちろんですよ、花井さん」

「しょうがねぇなぁ……そういうことなら俺も付き合うしかあるめぇよ」

即座に答えた戸崎に続き、しぶしぶ川野もうなずく。

付き合いの良さは、こたびも変わることがなかった。


「おや、おや。珍しいのが雁首《がんくび》揃えて来たじゃないか」

その夜、思わぬ訪問に小関家は沸き立った。

日頃は中年を過ぎた夫婦二人きりの暮らしだけに、若い客は大歓迎。しかも子どもの頃から面倒を見てきた面々だけに、喜びもひとしおだった。

「お久しぶりにございまする、先生」

年嵩《としかさ》の花井に倣《なら》い、一同は折り目正しく頭を下げる。

「ほほう、みんな一人前の挨拶ができるようになったもんだなぁ」

小関は嬉しげに目を細める。

「特に花井は見違えたぜ。すっかり大きくなっちまって、貫禄も付いて」

「当たり前ですよ先生。これでも真太さんは女房持ちなんですぜ」

「おや、そうだったのかい」

川野の言葉に、小関はきょとん。

「お聞き及びではなかったのですか、お前さま」

敏江が呆れた顔で言った。

「花井さまには、もうお子も居られるのですよ」

「ほんとかい？　俺《おら》ぁ初耳だぜ」

「まことに失礼いたしました先生、ご挨拶が遅れてしまって」

「なーに。お前さんが悪いわけじゃねぇのは分かってらぁな」

実を言えば少々寂しいが、相手の家は格上の与力である。

しかも花井の父親と小関とは若い頃から犬猿の仲だけに、祝言の席に呼ぶどころか、わざと知らせても来なかったのだろう。

（やれやれ、奉行所同士の試合で俺にぶん投げられて、面目を潰されちまったのをまだ恨んでいなさるのかい……）

偏屈な父親の手前もあって、顔を出しにくかったに違いない。

それは分かるが、今日は一体どういう風の吹き回しなのだろうか――。

疑念を覚えながらも、小関はにこやかに振る舞った。

「さぁさぁさぁ、ずずいと奥へ入っておくれな」

「お邪魔いたしまする」

花井の後に、川野と戸崎も続く。

「つまらねぇもんですが、召し上がっておくんなさい」

川野が差し出したのは毛をむしり、血抜きを済ませた鶏一羽。

一方の戸崎は葱《ねぎ》の束と焼き豆腐、さらに徳利まで提げていた。

「まぁ、結構なものをすみません」

満面の笑みで受け取ると、敏江は言った。

「すぐにお支度をいたしますね。お前さま、奥で皆さまのお相手をなさっていてくださいまし」

「はい、はい。ひとつ美味しい鍋《の》をお願いしますよ」

素直に答える小関の態度は、いつもの婿養子ならではのもの。

しかし、手放しに喜ぶことはできていない。

いかつい顔をほころばせながらも、疑念を募らせずにはいられなかった。

なごやかな宴が始まった。

「へへっ、こいつぁいいや」

ぐつぐつ煮える鍋を前にして、小関は満面の笑みを浮かべる。

敏江が土鍋に用意してくれたのは水炊きだった。

鶏を内臓まできれいにさばき、他の具は葱のみにして小鍋で煮ながら食するのも結構なものだが、大勢で一度に楽しむのなら、これに限る。

「匂いもいいが眺めもいいぜ……眼福、眼福」

湯気を思い切り顔に浴び、小関は満足そうにうなずいた。

鬼瓦を思わせるご面相をしていても、食事のときは別人の如くほころぶ。

昔から稽古帰りには決まって組屋敷に招かれ、敏江の心づくしの料理を長年に亘って馳走に与《あずか》ってきた三人にとっては、もとより承知の上のことだった。

「先生のそのお顔こそ、まことに眼福でございまする」

「へっ、褒めたところで何も出ねぇよ」

「ならば僭越《せんえつ》ながら、私めから褒美を取らせておきまする」

川野が横から手を伸ばし、花井の杯を満たしてやる。

戸崎は黙って酒器を取り、川野に酌をしてやった。

「お前さんがた、相変わらず仲がいいんだなぁ」

「おかげさまで……」

「何のことはありません、ただの腐れ縁ですよ」

殊勝に頭を下げる花井を、すかさず川野がまぜっかえす。

「こいつもいつまでも吟味方なんぞやってねぇで、そろそろ御勘定所にでも勤め替えをしたらいいんですよ。そうすりゃくだらねぇ訴えを毎日聞いてなくってもよくなるのに、ったく欲がなくていけませんぜ」

「ははは。そんなに俺にいなくなってほしいのか、川野？」

「そういうこった。お前さんのその真面目くさった顔を毎日拝むのにも飽き飽きしてきたんでなぁ」

「何言ってんです仁吉さん、ほんとは真太さんのことが大好きなくせに」

「馬鹿野郎、俺にそっちの趣味はねぇよ」

「まぁ、どっちだっていいじゃねぇか。ほらほら、たんと食いなよ」

小関は菜箸を取り、三人の器に鶏肉を注ぎ分けてやる。

「いただきまする、先生」

「かっちけねぇ、ご馳走になりますぜ」

「いただきまーす」

それぞれに笑みを浮かべ、三人は箸を取る。

少年の頃から変わらぬ、見ていて微笑ましい光景だった。

されど、小関の抱く疑念は何故か尽きない。

この三人が唐突に訪ねてきた理由が思い浮かばないのだ。

花井はもとより川野と戸崎も、南町奉行所では優秀な人材と聞いている。

それが柔術の師とはいえ格下の北町勤めで、しかも隠密廻なのを幸いに怠けていると見なされがちな小関の許に、わざわざ足を運んだのは何故なのか。

もしや、何事かを探りに来たのではあるまいか――。

そんな予感が的中したのは、鍋があらかた空になった頃。

「仕上げに甘いのがあるんだが、まだいけるかい？」

「はい、喜んで頂戴いたしまする」

花井の態度は変わらず快活。

「ところで先生、ひとつお聞かせ願うてもよろしいですか」

さりげなく問うてくる口の利き方も、常のごとく礼儀正しい。

しかし、投げかけられた質問の内容は剣呑《けんのん》だった。

「このところ御用向きの他のことで、お忙しいご様子と存じまする」

「な、何のことだい」

箸でつまみかけた鶏の腿を、小関は思わず取り落とす。最後まで大事に取っておいた肉が、濁った汁にぽちゃんと沈んだ。

素知らぬ振りをして、今度は川野と戸崎が問いかける。

「もしかして、新しいお奉行に難儀してなさるんじゃないですかい」

「何かお困りでしたらご遠慮なく、お話しくだされ」

「おいおいお前さんがた、藪《やぶ》から棒に何言ってんだい。俺ならずっと、暇を持て余してるだけだぜ。お奉行の顔なんざ、着任なすったときぐらいしか拝んだことはありゃしねぇよ」

苦笑する振りをしながら、小関は懐から手ぬぐいを取り出した。

「あー、食った食った」

口の周りの脂を落とすついでと見せかけ、流れる冷や汗をそっと拭う。

だが、三人の問いかけはその後も止まなかった。

「依田和泉守さまは御小姓あがりで、前《さき》の上様と格別の間柄だったとか……」

「御側衆の田沼主殿頭さまとも、親しくしていなさるそうじゃねぇですかい」

そんなことまで訊かれては、怪しいと思わずにはいられない。

（こいつら、一体《いってえ》どこまで知ってやがる……？）

田沼の名前まで出してきたということは間違いなく、山田の差し金と見なしていいだろう。

江戸城中での出来事を、町方役人が見聞きするのは叶わぬ話。

小関自身も依田が影の御用について、御城でどのような指示を受けているのかまでは与り知らない。

これは山田が配下の花井たちに因果を含め、やらせていることなのだ。

(肥後守め、お奉行をつっついてもどうにもならなくなって、俺に矛先を変えやがったな。それにしても昔馴染みのこいつらを差し向けてくるとは、汚い真似をしやがるぜ……)

腹立たしい限りだったが、何も知らない三人を怒るわけにはいかなかった。

花井たちは、小関も害を被っているものと思い込まされている。

山田は依田を悪人に仕立て上げる一方で、小関らは救うつもりらしかった。

そんな気を遣ってもらっても、有難迷惑にしか思えない。

そもそも今の南町奉行所には、他に為すべき急務があるはずだ。

「なぁお前さんがた、そろそろ下種《げす》の勘繰《かんぐ》りは止めにしてくんな」

汁粉を配った敏江が台所に去るのを見計らい、小関はずばりと切り出した。

「俺は何も後ろ暗いことなんかしちゃいねぇし、北のお奉行だって見たところ妙な真似はなすっちゃいないよ。実を言えば北も少しは風通しがよくなって、俺と神谷は以前みてぇに御用を直に承っているんだが、任されてんのはあくまで市中の探索だけさね」

「まことですか、先生」

「くどすぎるのは女からも嫌われるぜ、花井。お前らもだ」

じろりと小関に睨《にら》み付けられ、三人は声も無い。

かつて厳しい稽古の最中にしばしば目にした、鬼の形相であった。

青ざめた顔の花井に、小関は淡々と語りかけた。

「お前さん、嫁を貰ったばっかりなんだろう。何ごとも性根を据えてやらねぇと不甲斐ねぇって愛想を尽かされちまうぞ」

「そ、それは困りまする」

「だったらお前さん、いつまで摂津屋のやってることを見逃すつもりだい？」

「そいつぁ先生、うちのお奉行がしばし待てと言ってるもんで……」

「うるせぇ川野、お前にゃ訊いちゃいねぇんだよっ」

「す、すみません！」

本人より早く戸崎が謝る。

久しぶりに凄まれたのが、よほど堪《こた》えたのだろう。

「おいおい、そんなに畏《おそ》れ入ることはねぇだろうが」

少し口調を和らげて、小関は言った。

「俺ぁ何も、お前さんがたを半人前呼ばわりしたいわけじゃねぇよ。ただ、町の衆が笑って毎日過ごせるように役人としてやるべきことをやってくれって、そう言いたいだけのこった。分かるだろ、花井」

「先生……」

「俺と違って、お前さんがたはまだまだ若い。今のうちに踏ん張って、御用に命を懸けるぐれぇの意気込みを見せてくれねぇか。そうしてくれりゃ、あいつらは俺が手塩に掛けた可愛い弟子なんだぜって北町の連中に吹聴して、鼻高々で居られるからな。ひとつ頼むぜ、おい」

「しかと心得ました」

凛《りん》とした面持ちで花井は言った。

黙ってうなずく、川野と戸崎の表情も真剣そのもの。

「汁粉がぬるくなっちまうな……さ、早く食いねぇ」

にっと頬を緩めてみせると、小関は率先して箸を取る。

若い三人を焚き付けすぎてしまったことに、まだ気付いてはいなかった。

二

翌朝早々、小関は早見と神谷を呼び出した。

まずは隣の神谷を訪ねて事情を打ち明け、早見にも来てもらう。敏江の耳には入れたくない話だけに、自分の屋敷に集めるわけにはいかない。

「朝早くからすまねぇな、お前さんがた」

「構わぬよ、おやじどの」

神谷は小関と同じく、着流しに黒羽織を重ねた姿。今日は朝から奉行所に出て書類の整理をするため、変装をする必要はなかった。

「俺もだぜ。一遍ぐらい飯を抜いたところで、どうってことはあるめぇさ」

うそぶく早見は半裃。与力が出仕するときの姿である。

日髪日剃《ひがみひぞり》と言われるように鬢《びん》付け油で髪をまとめ、きれいに髭《ひげ》も剃ってあるが朝飯は食べていなかった。お膳の用意を急か《せ》せば鶴子に怪しまれるため、今日は早出だから暇がないと偽って、身支度だけを済ませてきたのだ。

「とにかく上がってもらえぬか。人目に立ってはまずかろうぞ」

神谷は二人を促し、先に立つ。

「へぇ、相変わらず綺麗にしているじゃねぇか」

後に続く早見は、廊下を渡りながらしげしげと辺りを見回す。

「大《てぇ》したもんだなぁ。独り所帯が見違えたぜ」

「通いの女中たちに日替わりで任せておるだけだ。俺は何もしておらぬ」

感心しきりの早見に告げる、神谷の口調は素っ気ない。

そんな神谷をからかうように、早見は笑う。

「へっへっへっ。お女中付きたぁ、結構なご身分だねぇ」

「何も俺が頼んだわけではない。新平が気を廻してくれた故、無下にもできずに来て貰《もろ》うておるだけのことぞ」

「それじゃ、給金も八州屋持ちなのかい」

「馬鹿にいたすでない。安扶持《ぶち》の身なれど、きちんと己で賄《まかの》うておる」

「さすがは十郎、いい心がけだぜ」

頃や良しとばかりに、小関が話に割り込む。

「ほら、お前さんもいい加減にしときな」

早見の肩をポンと叩き、先に客間に入っていく。

通いの女中は昨日の帰りに箒《ほうき》で掃き、雑巾がけも済ませていったらしい。障子の桟に敷居、鴨居に床の間、さらには畳の目の中に至るまで、どこにも塵《ちり》ひとつ見当たらなかった。

「へへっ、掃除が行き届いてると畳の匂いも違うなぁ」

年嵩の小関のために上座を空けると、早見は横に腰を下ろす。

神谷も膝を揃えて座り、無言で小関に視線を向けた。

「それじゃ、聞いてもらうとしようかい」

小関は話を切り出した。

「お前さんがた、俺が南の若いのに稽古を付けてやってたのを覚えてるかい？」

「うむ。亀島町の稽古場で励んでおった、吟味方下役の同心たちであろう」

「花井って与力の倅もいたはずだぜ。たしか父親《てておや》がおやじどのと同門なんだろ」

「まぁ、その親父とは仲違《なかたが》いして久しいんだけどな。試合の勝ち負けってやつは後に引きずると厄介でいけねぇや……」

軽く苦笑すると、小関は話を続けた。

「その花井の倅と同心たちなんだが、ゆうべ俺をひょっこり訪ねてきたんだ。ごていねいに水炊きの具と灘《なだ》の下りを一本、手みやげにぶら提げてな」

「へぇ、ずいぶんと張り込んだもんだなぁ」

「成る程。それでいい匂いがしておったのだな」

「おかげさんで、久しぶりに美味《うま》い鶏を食わせてもらったよ」

しかし、事は旧交を温めるだけでは終わらなかったという。

「花井たちが俺の働きぶりをやたらと気にしてな……あれこれ訊《き》いてきたんだが一体どういうことだと思うね」

「そいつぁただの師匠孝行ってやつじゃねぇのかい」

「違うのか、おやじどの」

早見と神谷は口々に言った。

「できることなら俺もそう思い込んで、いい気分のままで居たいさね」

小関は腕を組んだまま、複雑な面持ちで答える。

「結構なみやげは間違いなく、あいつらの真心ってもんだろうよ。だが、その後の詮索ぶりがどうにもいけねぇ。精一杯取り繕ってるつもりでいても、町方役人の口の利き方になってたからな」

「ほんとかい、そいつぁ」

「ああ。おまけにお奉行のことまで、遠回しに訊ねてきたよ」

「まことか？」

「新しいお奉行から何か妙なことを命じられちゃいないかって、しきりに案じてやがるんだ。妙だと思わねぇかい」

「おやじどのの弟子を疑いたくはないが、そいつぁ怪しいな」

「うむ……」

　早見に続いてうなずくと、神谷は言った。

「疑わしいのはたしかだが、性急に事を判じてはなるまいぞ。ひとつ裏を取ってはどうであろうか」

「そいつぁ難しいだろうぜ、十郎」

　即座に早見は否定した。

「おやじどのはもちろんだが、俺もお前も顔を知られているのだぜ？　数寄屋橋まで訪ねて行ったところで尻尾《しっぽ》なんぞ出すはずがねぇし、下手をしたら向こうのお奉行に逆に探られちまうだろうぜ」

「ならば新平に頼もうぞ」

「そいつも無理なこったろうよ。八州屋には南の同心も出入りしてるし、あいつこそ顔を知られてるから、こんな役目は不向きだろうさ……ま、彩香先生か与七だったら上手くやってくれるこったろうが、二人とも表の仕事で忙しいのに無理強いはできねぇだろうぜ」

「ううむ……」

さすがの神谷も二の句が継げない。

と、そこに廊下を渡る足音が聞こえてきた。

話を打ち切った三人の前に姿を見せたのは、可愛らしい小柄な女中。

「遅くなりまして相すみませぬ、旦那さま」

「構わぬよ。今日も一日よしなに頼むぞ、おとみ」

敷居際で三つ指を突いた女中に告げる、神谷の声は穏やかであった。

「見てのとおり、お二人と役所の御用について話をしておる。こちらは構うに及ばぬ故、しばらく外してくれ」

「心得ました。お洗濯から始めておりますので、何かございましたらお申し付けくださいまし」

にこやかに答えると、おとみは立ち去った。

「へっ、ぷくぷくしていて可愛い娘《こ》だな」

「ああいうのが嫁さんには一番向いてるのだぜ。料理上手なとこだけは、うちの敏江さんに敵わねぇだろうけどなぁ……へへっ、尻もまるくていい按配《あんばい》だぜ」

沈んだ気分も一瞬忘れ、早見と小関は笑顔で見送る。

「ところで十郎、もう一人のお女中はどうしたんだい」

「たみのことか」

早見に問われ、神谷は答えた。

「女中たちには日替わりで来て貰うておると言うただろう。今日はおとみの番である故、明日にならねば参らぬぞ」

「じゃ、明日は出てくるんだな？」

「何の用向きだ。ちょっかいを出すつもりならば、お内儀に言い付けるからな」

「へっ、下種の勘繰りをするんじゃねぇよ」

苦笑を収めて早見は言った。

「南の連中の裏を取る役目だけどな、あの人に頼んでみるってのはどうだい」

「おいおい、馬鹿を言うもんじゃねぇよ」

小関が慌てて割り込んだ。

「影の御用は口外法度《こうがいはっと》ってことぐらい、お前さんも承知の上だろ。ここは俺らで何とかしねぇと……」

「そうは言ってもおやじどの、みんな面が割れているのだぜ」

「そいつぁそうだが……」

「彩香先生や与七にしたって、もしかしたら仲間と知られちまってるのかもしれねぇんだ。無理を言って出張ってもらって、逆に捕まったらどうするんだい」

「おい、うちの女中ならば何があっても構わぬと申すのか？」

「そんなことまで言っちゃいねぇよ。あの人の腕と度胸を見込んで、俺たちじゃ出来ねぇことをやってほしいってだけさね」

「されど、あれはおなごだぞ。それも男どもの目を惹《ひ》いて止まぬ……」

「馬鹿だなぁ、いい女だから相手も気を許すんだろうが。上手いこと張り付いてもらって、裏のつながりさえ突き止めてくれれば、それでいいのさ。そっから先は俺たちの仕事だからな」

「ふむ……」

神谷はしばし黙考する。

顔を上げたときにはもう、思案は定まっていた。

「……下調べの他には頼めぬぞ。いいな」

「構わねぇのかい、十郎」

「おぬしの申すとおり、たみならば容易《たやす》くやってのけるに相違ない。頼まぬ手はあるまいよ」

三

おたみはすらりと背の高い、﨟長《ろうた》けた女人であった。

共に神谷家で働くおとみと比べれば年嵩だが、色気はこちらのほうが上。

いつもは地味な形《なり》をしているが、今日は着物も化粧も別人の如しである。

と言っても、派手に着飾ったわけではない。

品よく成りすましたのは、公事《くじ》の訴えに訪れた商家の内儀。

新規の訴訟を受け付けるのは月番の奉行所という決まりがあればこそ、可能な一手であった。

「お役人さま、どうかお耳を貸してくださいませ」

告げる口調も、あくまで上品。

「何だお前さん、公事師を頼んでいないのかい？」

一番鼻の下が長いと見なされたとも知らず、声をかけられた川野は嬉しそうに相手をしていた。

本来ならば順番を守らせせなければならないはずだが、そこは役人の胸先三寸。

「いいんですか仁吉さん、そんな勝手に」

「うるせぇよ誠吾、あんな別嬪《べっぴん》を埃っぽい溜《たまり》で待たせておけるかい」

「知りませんよ、花井さんに叱られても」

「へっ、四の五の言ったら小関先生仕込みの締め技を食らわせてやるよ」

案じる戸崎を意に介さず、川野はおたみの手を取った。

「さぁお内儀、こちらへどうぞ」

「相すみませぬ、仁吉さま」

「おや、いつの間に名乗ったっけな」

「先程のお若い方が、左様に呼んでおられました故……」

「ははは、聞かれちまったんですかい」

「重ね重ねのお気遣い、痛み入りまする」

しおらしく礼を述べつつ、そっとおたみは指を絡めた。

「はははは、気にするには及びませんぜ」

つないだ手を羽織の袖で隠し、川野は意気揚々と歩いていく。

上手いこと転がされているのに、気付きもしない。

まして厠《かわや》に行きたいと偽ったおたみが吟味方の用部屋にまで忍び込み、花井の机に在った帳面を盗んでいくとは、夢想だにしていなかった。

おたみは正体が露見することもなく神谷家に戻り、早々に着替えて女中の仕事に取りかかった。

公事の訴えは堅物の花井に拒まれ、出直すように説教されて終わったが、もとより出鱈目《でたらめ》なので断られたのは好都合。もしも受理されそうになったときは急病を装うつもりだったが、大した芝居を打つまでもなく若い与力と同心たちは彼女にまんまと騙《だま》され、川野に至っては別れ際に結び文《ふみ》まで渡す始末であった。

おたみは黙々とかまどの火を熾《おこ》し、読み下した文を焚き口に投げ入れる。

跡形もなく燃え尽きた頃、神谷たちが台所に駆け込んできた。

「大事はなかったか、おぬし」

「いえ、首尾よう事は運びました」

淡々と告げつつ、おたみは土間から框《かまち》に上がる。

「八州屋さまにてお借りしました衣装一式にございます。お手数ですが旦那さまからお返しくださいませ」

差し出す風呂敷包みには一冊の帳面と、分厚い書き付けが添えられていた。

「こちらは与力の花井さまのお机から拝借して参りました、こたびのご用向きの動かぬ証拠……小関さまから訊き出されたと思《おぼ》しきことが、ご推量と共に諸々記されておりまする。それから私がお役所内にて見聞きいたした事柄も、余さずしたためておきました。旦那さま、これでよろしゅうございますか」

「十分すぎるほどだ。まことにかたじけない」

嬉々として目を通し始めた早見と小関を横目に、神谷は心から礼を述べた。

「無理を頼んですまなかったな。些少《さしょう》なれど本日の給金を上乗せしておくぞ」

「ありがとうございまする」

労をねぎらう神谷に一礼し、おたみは再び土間に降りる。

重ねて持ってきたのは、濯《すす》ぎの水を汲んだ盥《たらい》が三つ。

「どうぞ、お使いくださいませ」

何事もなかったかのように振る舞う姿は、出来のいい女中そのもの。玄人《くろうと》も顔負けの密偵の才まで備えているとは、傍目《はため》には分かるまい。

かくして、南町奉行所の手の内は明らかになった。

何も知らない与力と同心たちを差し向け、昔馴染みの小関を通じて探りを入れさせた黒幕は、やはり奉行の山田利延。

「成る程、姑息《こそく》な真似をするものだの」

報告を受けた依田は、怒りを新たにせずにはいられなかった。

前に控える早見と神谷にしてみれば、複雑な心境である。

花井たちはいずれも歳が近く、親しみの持てる面々だ。

愚かとは思うものの、できれば斬るような真似はしたくない。

小関に至っては尚のこと、救いたい気持ちで一杯だった。

「何とか見逃してやっちゃもらえませんかい、お奉行……」

「分かっておる。出来る限り、そのほうの意に沿うといたそうぞ」

悲壮な面持ちの小関に告げる、依田の口調は穏やか。

それは寺井玄蕃と摂津屋勘蔵には有り得ない、人としての温情であった。

寺井と勘蔵は、我欲のみで生きている。

利用できると見込めば付き合いもするが、もとより信《しん》など預けはしない。

山田に対してもそうである。

ましてその配下など、吹けば飛ぶような輩《やから》としか見なしてはいなかった。

だが、世には一寸の虫にも五分の魂という言葉が有る。

金と権力を握った者にとっては羽虫同然でも、やるときはやるのである。

あの若い与力と同心たちも、例外ではなかった。


南町奉行所の瓦屋根が紅い夕陽に染まっている。

与力も同心も一日の勤めを終えて、家路に就く頃だった。

しかし、川野は帰れない。

おたみの手際の良さにまんまとしてやられ、助平心を起こした報いを嫌と言うほど味わっていたのである。

「この痴《し》れ者《もの》め！　何ということをしてくれたのだ！」

「か、勘弁してくれ……っ」

誰も居なくなった吟味方の用部屋に、怒号と悲鳴が響き渡る。

花井にさんざん締め上げられて、向こう意気の強い川野も青息吐息。

帳面を持ち逃げされたと分かったのは一日の御用が終わり、帰り支度を始めたときのことだった。

それまで気付かずにいた花井も迂闊《うかつ》と言えようが、要らざる真似をした川野の甘さこそ、咎められて当然だろう。

いつもはすぐに庇《かば》い立てする戸崎も手を出さず、花井の怒りが鎮まるのを待つばかりであった。

そのときが訪れたのは、日が沈んで四半刻（約三十分）ほど経った頃。

「……立て、川野……」

汗にまみれた腕を摑み、花井は愚かな友を引っ張り上げる。

こちらも全身が汗だくになっていたが、息を整えようとはしなかった。

「急ぎ参るぞ……おぬしたち……」

「どこへ行くのですか、花井さん」

息も絶え絶えの川野に代わり、戸崎が問う。

返されたのは思わぬ答えだった。

「決まっておろう、お奉行の処《ところ》よ……」

「そんな！　お咎めを食らっちまいますよっ」

「もとより覚悟の上よ……存分にお叱りを受けし後に、しかと話をさせてもらうのだ……」

「な……何を……は、話そうってんだい……」

苦しい息の下で、今度は川野が問いかける。

「決まっておろう……我らが為すべきは北町の粗《あら》探しに非ず、速やかに摂津屋の悪事を暴くことだと申し上げるのだ……」

川野と共に息を乱しながらも、花井の口調は揺るぎない。

「ゆうべ先生も言うておられたであろう……我ら町方役人が為すべきは市井《しせい》の民の暮らしを守り、災いの根を断つことなのだと。そうしたことをさらりと仰せになられるあのお人を、俺は疑いとうはないのだ……」

想いも熱く決意を述べる花井は、滂沱《ぼうだ》の涙を流していた。

「俺はお奉行と談判いたし、小関孫兵衛どのに疑わしき点など見出せぬと、何としてもご理解いただく所存ぞ。その上で、今は北と南で張り合《お》うておるときではないと申し上げ、摂津屋に踏み込ませてもらうのだ……」

花井の心は決していた。

摂津屋勘蔵こそ、諸悪の根源。

余計なことをするよりも、真に立ち向かうべき相手であった。

帳面を奪ったのが敬愛する師匠の差し金ならば、それはそれで構うまい。子細までは分からぬが、信念を持って行動しているのは間違いないからだ。

こちらも負けずに、正義を貫かねばなるまい。

「俺も付き合うぜ、真太」

川野がゆらりと身を起こす。

もはや息は乱れていない。己の甘さを反省した上で、年来の友と行動を同じくする決意を固めていた。

その肩を支えつつ、戸崎も黙って花井の後に続く。

三人の若い熱意を、山田は真摯《しんし》に受け止めざるを得なかった。

「相分かった……後のことは儂に任せ、乗り込むがいい」

摂津屋を検《あらた》めるのを許したのは、勢いに押し切られたが故ではない。

寺井と勘蔵に対する不審の念が再三募り、もはや山田の胸中で抑えがたいものになっていたのである。

依田と配下の面々がやっていることは、たしかに御法破りの所業であろう。

だが、摂津屋の買い占めはどうか。

現に多くの人が犠牲となり、救われたはずの命が失われているのだ。

勘蔵が金に飽かせて買い漁るのは、何も霊験あらたかな妙薬などではない。

はしかに効くとされる薬も食べ物も、あくまで気休めに過ぎない。

しかし鰯《いわし》の頭も信心からと言われるとおり、人は何かに希望を託すことによって前向きになれるもの。

なればこそ数々の迷信に従い、神頼みもするのである。

勘蔵はそんな庶民の救いを踏みにじり、はしかに効くとされる品々を江戸市中から根こそぎ奪おうとしている。

このまま野放しにしておけば、犠牲になる者は増える一方。

いつまでも見過ごしてはいられまい。

「おぬしたち、存分に働くのだぞ」

「はっ！」

答える声は力強い。

不退転の決意の下に敵地へ乗り込み、疑惑の蔵を破る所存だった。

四

屋敷に駆け付けた勘蔵から寺井が思わぬ報告を受けたのは、おたみの探索が功を奏した次の日のこと。

文句たらたらに知らされたのは、予想もしない事態であった。

「南の与力と同心が動いただと？」

「まことに小賢《こざか》しい若造どもでございまする」

「何があったのだ、摂津屋」

「北町の奴らを差し置いて、事も有ろうに手前どもの店へ蔵を検めに乗り込んで参ったのです」

「何だそれは、ふざけおって」

「まったく迷惑な話です。店先で押し問答になり、ようやっと追い返したばかりだそうでございますよ」

「ということは、おぬしの留守に起きたことなのか」

「はい。脅しの加勢に乾先生も連れて出たのが災いし、小関孫兵衛仕込みの柔術遣いどもを相手に、番頭と手代どももずいぶん難儀をした様子で」

「ううむ、間が悪かったということか……それにしても肥後守め、よくも配下の者どもをけしかけおって……」

勘蔵の話を聞き終え、寺井は苛立《いらだ》たしげにつぶやいた。

思わぬ山田の裏切りに、憤りを覚えずにはいられない。

正しく言えば、表返ったと言うべきだろう。

依田と田沼のつながりを疑うよりも、市中の民を苦しめる品不足の原因を突き止めるのが、町奉行として本来為すべき御用。

そのことに、山田は遅れ馳せながら気付いたのだ。

しかし買い占めの事実を摘発されそうになった勘蔵にしてみれば、迷惑千万なことであった。

「寺井さま、南のお奉行を今すぐお呼びくださいませぬか……」

「待て、待て。おぬしの気持ちも分かるが、さすがにあやつを空しゅういたさば無事では済まぬぞ」

いきり立つ勘蔵を宥《なだ》めると、寺井は言った。

「その腹立ち、ひとまず若造どもにぶつけてはどうか」

「それならば大事はございませぬか」

「うむ。わざわざご老中に申し上げずとも、儂の力で揉み消せることぞ」

「分かりました。寺井さまのお顔を立てて、こたびはそれで良しとしましょう」

「ただし乾はいかんぞ。町方役人が斬られたとあっては示しがつかぬ故、南北を挙げて市中を調べ廻ることになる故な……。やるならば、川流れに見せかけよ」

「もとより承知にございます」

にやりと笑って、勘蔵は寺井の部屋から出て行った。

屋敷の式台には駕籠《かご》が横付けされ、座坊と我黄が待っていた。

「お前たち、今夜は空いてるかい」

「へい」

「何人やっつけますんで、旦那ぁ」

「三人だ。うちの看板に泥を塗りやがった南町の若造どもだよ」

告げる勘蔵の態度に迷いは皆無。

害虫の退治を頼むほどの感慨もない、淡々とした声であった。


その夜、花井たちが船で連れて行かれた先は、深川の外れの埋め立て地。

買い占めの証拠を渡すと申し出た手代を信用したのが、運の尽きだった。

「ばーか、お前らなんか三途《さんず》の川流れになっちまえ！」

逃げた手代と入れ替わりに現れたのは、二人の六尺豊かな巨漢であった。

相撲取りを思わせる、筋骨たくましい大男たちである。

これが現役の力士ならば、雰囲気は違うはず。鬢付け油の香りと共に、土俵に生きる身ならではの力強さと潔《いさぎよ》さを漂わせて止まないからだ。

しかし、目の前の二人は違う。

体付きこそたくましいが、にやつく顔は下種《げす》の極み。

口火を切ったのは、坊主頭の座坊だった。

「余計なことに深入りするもんじゃありませんぜ、旦那がた」

「何と申すか、うぬっ」

臆せず身構えた花井をあざ笑うかの如く、我黄がうそぶく。

「摂津屋の商いの邪魔をしたら、長生きできねぇってことよ」

「うぬら、何奴《なにやつ》だ」

「そうだなぁ、馬鹿な野郎どもがしでかしたことに報いを受けさす、地獄の牛頭《ごず》馬頭《めず》みてぇなもんさね」

「おのれ、ふざけおるのか」

花井が怒りの声を上げる。

川野と戸崎も口々に言い放った。

「俺たちを甘く見るんじゃねーぞ、でかぶつども！」

「我らを侮《あなど》れば容赦せぬぞ！　腕に覚えの柔術《やわら》で締め上げてくれるわ!!」

「へっへっ、勇ましいこったなぁ……あいにくと、こちとら大真面目よ」

せせら笑う我黄に代わって、座坊が前に出た。

夜風の吹きすさぶ蘆《あし》の野に居合わせたのは、勘蔵の差し向けた手代たちのみ。

乾達人も三人を取り囲む一団に加わり、止むを得なくなったときは抜き打ちに斬り捨てるべく待機していた。

「死んでもらいますぜ、お役人さん」

告げると同時に、座坊の張り手が花井に叩き込まれた。

「花井さーん！」

川野の絶叫も、一撃の下に首をへし折られた花井には届かない。

「おのれっ!!」

戸崎が果敢に我黄に跳びかかった。

相手にしてみれば、思う壺である。

「へっ、そんな力じゃ女だって往生させられやしねぇよ」

さば折りが瞬《また》く間に決まり、戸崎は力任せに胴を締め上げられる。

骨の砕ける音が、無情に響き渡った。

もとより我黄は降参させる気など有りはしない。

最初から、殺すつもりでやっていることなのだ。

声もなく、戸崎がくたくたと崩れ落ちる。

残る川野も座坊の連打を食らい、朱に染まって斃《たお》れていた。

「やれやれ、俺の出番は結局なしか」

残念そうにつぶやきながら、乾が歩み寄ってくる。

「おい座坊、二人も張り切って片付けることはないだろう」

「すみやせんね先生、川流れに見せかけろって言いつけですんで」

「それにしたって、ちっとは手伝わせろよ」

「昔の癖ってやつですかねぇ、調子が出てくると、手前《てめえ》でも勢いを止められねぇんでさぁ」

「だったら京か大坂に鞍替《くらが》えして、また土俵に上がったらどうだい。江戸相撲を追放された身でも、あっちで四股名《しこな》を変えたら何とかなるだろう」

「へっ、今さら御免こうむりますぜ。きつい稽古なんぞはもう真っ平なんで」

坊主頭をつるりと撫でて、座坊は笑う。

相棒の我黄も邪悪な笑みを浮かべ、分厚い手のひらをこすり合わせていた。

手代たちは黙々と、三人の亡骸を運んでいく。

「待て」

「何ですかい、先生」

「そやつらを運ぶ先ならば、数寄屋橋にせい」

「そんな、寺井の殿さまのお申し付けなんですぜ」

「何も仰せに逆らうとは申しておらぬ。川流れになったのをていねいに運んでやった態《てい》にいたすのだ。くっくっくっ……」

含み笑いをしながら、乾は続ける。

「斬られて果てたとあっては町民どもも同情いたすであろうが、川流れとなりて流木などにぶつかり、無惨な有り様と成り果てたのが晒されておれば失笑いたすは必定ぞ。はははは、いい思い付きであろうが」

悦に入った乾の笑いに、座坊と我黄も追従した。

「いいじゃねぇか我黄、こいつぁ面白そうだ」

「縄でくくって曳いていくがよかろうぜ。しこたま水を吸わせてやらねぇと土左衛門には見えねぇからなぁ」

「へっへっへっ、承知しやした」

囮《おとり》役を買って出ていた手代が、船から縄を持ってくる。

人を人とも思わぬ、胸糞の悪くなる所業であった。

翌朝、花井たちの亡骸は南町奉行所の門前に打ち捨てられていた。

「早うせい、早う！」

「何をぐずぐずしておるかっ！」

与力も同心も隠すのに大慌て。

どうしてこんなことになったのか、まるで訳が分からない。

無惨な死に至った理由を南町奉行所で知っているのは、事を命じた山田のみ。

今となっては後悔するばかりだった。

「くっ……」

出仕用の裃姿のまま膝を突き、山田は嗚咽《おえつ》せずにはいられない。

優秀な配下の与力と同心たちを、犠牲にしてしまったのだ。

「……」

駆け付けた早見と神谷に言葉はない。

黙ったまま山田の震える背中を、そして無惨な亡骸をじっと見つめるばかり。

小関夫婦にはとても見せられぬ有り様だった。

斯《か》くなる上は、山田も黙っていられなかった。

「こやつ、よくもやりおったな！」

寺井に摑みかかったのは江戸城中。

町奉行の用部屋に呼び出した上でのことだった。

「お、お助けを～」

哀れっぽく声を上げ、寺井は部屋の中を逃げ惑う。

今に始まったことではない。

寺井はその気になれば、幾らでも弱者を演じられる。

本気を出せば障子紙を震わせるどころか破るほどの気合を発し、相手を昏倒させる術を心得ていながら、人前で実力を見せることはしないのだ。

秘められた力を用いるのは、相手を死に至らしめるときのみ。

山田もそうしてやりたいところだったが、今はまずい。

居合わせた依田も、この場は止めざるを得なかった。

「お気をたしかになされませ、肥後守《の》どの！」

慌てふためく茶坊主たちを押し退けて、サッと機敏に押さえ込む。

寺井のことも放ってはおかなかった。

「待たれよ」

「な、何でござるか和泉守さま」

「このことは他言無用に願いたいのだが、よろしいか」

「それは構いませぬが……」

「その上で、遺恨も抱いてはなるまいぞ」

「はぁ」

「寺井玄蕃と申さば、知る人ぞ知る手練のはずぞ。これなる肥後守を返り討ちにいたすは容易《たやす》かろうが、呼び出して問答無用で打ちかかりしはよほど耐えがたき故あってのことに相違あるまい。事は露見いたさば、貴公が望みし出世にも障りが出ようぞ。それでもよいのか」

「そ、それは困りまする」

「ならば、すべて水に流すのだ。肥後守どのもよろしいな?」

「……」

山田は一言も答えない。

茶坊主たちに捕まったまま、無念の面持ちで天井を仰ぐばかりだった。

五

（儂は三国一の愚か者だ……）

山田は肩を落とし、悄然《しょうぜん》と夜道を歩いていた。

城中で騒ぎを起こしたことは、幸いにもあの場限りで収まった。

依田が寺井だけでなく、居合わせた茶坊主や下役の者たちにも口外無用と申し付けてくれたからである。

もしも明るみに出れば南町奉行の任を解かれるのは当然のこと、下手をすれば謹慎を通り越して切腹を命じられることだろう。

今となっては、田沼と依田のつながりを暴くどころではない。

己の短慮が招いた結果に打ち震え、当て所なくさ迷うばかりであった。

その夜は依田も、お忍びで江戸市中を歩いていた。

奉行所裏の役宅を後にして、目指すは浜町河岸の診療所。

家族には夜なべで独り読書に励んでいると見せかけ、宿直《とのい》の内与力には人払いを命じておいたので、まず見付かる恐れはない。

北町奉行所に着任してから、もうすぐ二月《ふたつき》が経つ。

多忙の合間に屋内のあちこちを見て廻り、鼠の穴の場所まで承知している依田にとって、裏口から抜け出すぐらいは容易いことだ。

旗本は大名と同様に許可なく外泊することができない決まりだが、夜が明けるまでにこっそり帰ればいい。町境を遮る木戸も、家紋入りの提灯《ちょうちん》を持参したので通り抜けるのに障りはなかった。

浜町川に沿って歩く、依田の足の運びは軽い。

(前触れなしに訪ね参れば、さすがに仰天するであろう……ふっ、常に落ち着き払うたところが好もしきおなごなれど、たまには驚いた顔も見たいものよ)

深編笠の下で依田は微笑む。

川沿いの道を夜風が吹き抜け、着流しの裾がふわりと舞う。

それにしても、今日の顚末《てんまつ》は思いがけないものだった。

あの様子では寺井はもとより、山田もしばらく大人しくなることだろう。

しかし、いずれ斬ることになったときには容赦はしないつもりだった。

将軍が天下の御法を自ら破り、裁けぬ悪党どもを密かに退治させている事実を世に知られぬためには、誰であろうと口を封じなければならぬからだ。

そのためならば、手段を選んではいられまい。

今日の山田どころではない騒ぎを起こし、詰め腹を切るのも覚悟の上だ。

（家名さえ断絶の憂き目を見ずに済むならば、この身はどうなろうと構うまい）

斯くも潔いのは、亡き吉宗公から恩を受けた身なればこそ。

将軍付きの小姓として御膳番を仰せつかっていた若かりし頃、依田は取り返しのつかない失態を演じたことがある。

歴代将軍の命日には決して生臭物を出してはならぬというのに、手違いで配膳されたのをそのまま運んでしまったのだ。

気付いたときにはもう遅く、膳は吉宗公の前。

本来ならば厳罰に処されるはずだった。

すると吉宗公は一箸だけ、それもわざと魚を選んで口に運んだ上で、

「余も同罪なれば向後《こうご》は気を付けよ」

という一言だけで済ませてくれたのだ。

名君の寛大さに救われた依田の家名は存続し、息子たちも無事に成長。娘を嫁がせることも叶い、相手の山村良旺《やまむらたかあきら》は依田と同じく小姓組を経て、今年から西ノ丸小納戸の職に就いている。

一家の当主としての責は、ほぼ果たしたと言っていい。

歳も五十を過ぎ、残るは余生という想いもある。

なればこそ再び影の御用を承り、表向きは北町奉行、裏では人知れず悪を裁く暗殺奉行となったのだ。

御法破りの悪党退治は、何も家重公が勝手に始めたわけではない。

在りし日の吉宗公が江戸城入りして早々に着手し、当初は小姓組の田沼意行に命じていたのを、後に同じ将軍の側近でも武官としての一面を持つ小納戸に昇進した依田や、藪忠通らにやらせていたことなのだ。思い起こせば吉宗公が八代将軍の職に就いた当初、江戸市中の治安は自ら整えさせた御定書《おさだめがき》百箇条《ひゃっかじょう》を以てしても、護りがたいものだった。

徳川の本家ではなく分家の紀州藩から初めて出た将軍の威光を甘く見て、金と権力で裁きを逃れる輩がピンからキリまで後を絶たなかったからである。

家柄と役職の壁はとりわけ厚く、大名や旗本、それも公儀の要職に就いている者たちは未だに裁きがたいものだ。

それでも長きに亘る治世で吉宗公の努力は実り、世は平穏になって影の御用を命じられることもしばらく絶えたが、不世出の名君も没して久しい。

その遺志を継いだ家重公は、依田にとって第二の主君。

暗愚と見なされがちだが不明瞭なのは言葉だけで、頭脳はむしろ明晰であると依田は常々感じていた。

影の御用を再開する上で小姓組も小納戸も今や役に立たないと判じ、町奉行所の配下を使えと依田に助言してくれたのも、他ならぬ家重公なのだ。

あの折の慌てぶりから察するに、通訳をしている田沼意次の独断ということはまず有り得まい。

家重公の助言は功を奏し、依田は優秀な手駒を得た。

与力の早見に同心の小関と神谷の三人は、申し分のない強者揃い。

江戸でも指折りの八州屋の財力を武器とする新平と、影の如く護っている与七の存在も頼もしい。

そして彩香は、影の御用に欠かせぬ手駒の一人であると同時に、依田の余生を文字どおりに彩ってくれる、香り豊かな華でもあった。

このところ市中に蔓延《まんえん》する、はしかの患者の治療に追われていたが、影の御用には変わることなく手を貸してくれている。

見上げたものだが、情を交わした身としては、少しは夜の相手も願いたい。

さりとて、強いて呼び出すのは心苦しい。

そこで依田は、浜町河岸に足を運べばいいと思い立ったのだ。

彩香も疲れているのだろうが、やはり逢わずにはいられない。

(男とは……いや、人とはまことに厄介なものぞ。死ぬ覚悟をしながらも、生の証というものを感じていたいのだから、な……)

自嘲《じちょう》の笑みを浮かべる依田は、もとより浮かれてはいなかった。

山田を仕留める決意そのものは、疾《と》うに固まっている。

いざ口を封じることになったときに後れを取らぬように、今日も下城して奉行所の一室で書類を見ながら、殿中差で素振りを五百こなした。

いつ何時でも鯉口《こいぐち》を切り、斬って捨てるのは容易い。

好んでそうしたいわけではないのだが――。

「む?」

前方から入り乱れた足音が聞こえてきた。

揃いの黒装束。小人目付衆である。

よろめきながら逃げてきたのは山田利延。

羽織も袴も泥だらけになり、左腰には鞘しか残っていない。

「お……おのれ……! 寺井玄蕃めの差し金かっ……!!」

息も絶え絶えになりながら、山田は帯前の脇差を抜き放つ。

小人目付どもは答えない。

指摘されたとおり、指図をしたのは寺井である。

今日の顚末を踏まえ、もはや山田は生かしておけない、速やかに抹殺したほうがいいと考え直したのだ。

城中であのような真似をするようでは、寺井と摂津屋のつながりをいつ暴露されるかわからない。

かくなる上は山田を亡き者にした後の南町奉行の座を狙うべし。

早々に根回しを始めたので、いつ死んでもらっても障りはない。

故に今宵を以て引導を渡すべく、命を下したのだ。

「往生せい、山田肥後守」

一団を率いる頭目が刀を振りかぶる。

しかし、振り下ろした凶刃は寸前で止まっていた。

キーン。

「な、何奴」

「慮外者《りょがいもの》に答える名はない……」

動揺を隠せぬ相手に、編笠を着けたまま依田はつぶやく。

「うぬっ」

頭目は合わせた刀を打《う》っ外《ぱず》す。

返す刀が一閃《いっせん》し、依田の編笠がざくりと裂けた。

「い、和泉守さま」

隙間から覗《のぞ》いた顔を目の当たりにして、頭目が呻《うめ》く。

思わぬ大物の出現に驚く前に、胴を一刀の下に断たれていたのだ。

依田の動きは止まらなかった。

「う！」

「むっ」

「ぐわっ」

唸りを上げて白刃が躍り、小人目付がばたばたと倒れ伏していく。

啞然とする山田の位置から、依田の顔は見えていない。

「き、貴殿は……」

「名無しの権兵衛と覚えておいていただこう」

背中を向けたまま告げ置き、依田は去っていく。

山田が悪しき輩ならば、あのまま惨殺されていたことだろう。

間一髪で救うことができたのは、何者かの導きとしか思えなかった。

無惨な死を遂げた若き与力と同心たちが、奉行と仰いだ山田には生きて欲しいと願ったのではあるまいか――。

依田にはそんな気がしていた。

たしかに、山田は愚かである。

正義を振りかざしながら真実が見えていなかった、救いがたい男であった。

それでも己の愚行を恥じ、悪を許せぬ心は持っている。

城中で寺井に打ちかかったのも、配下たちの亡骸を前にして涙を流したというのも、芝居や偽りではなかったに違いない。

川風の止まぬ中、依田は黙々と歩を進める。

彩香の診療所に皆を集め、すべてを話すつもりだった。

山田のことは、ひとまず見逃してやりたい。もしもすべてが嘘であり、懲りずに田沼と依田のつながりを暴くつもりでいるのであれば、この手で引導を渡せばいいだけのことだ。

いずれにしても、寺井玄蕃は許せない。

摂津屋勘蔵と同様に闇に裁かねばならぬ外道であると、依田は今こそ確信していた。

（まこと、呆れ果てたものよ。あれでは武士どころか、男の風上にも置けまい……）

いつもと同じやり方で済ませるつもりは、もはやなかった。

寺井玄蕃という男は、恥を知らない輩だからだ。

そうでなければ都合よく弱者を装い、怒った山田から逃げ回るような真似などできぬはず。

思い出すだけでも、反吐《へど》が出る。

それでいて今宵の如く、陰で始末をさせようとするから油断ができない。

あのような輩を晒し者にしたところで平然とやり過ごし、何とか生き延びようと形振り構わず許しを乞い、これまでに袖の下を贈った幕閣のお歴々に対しては受け取った事実を明かすと脅しをかけて、絶対に潔く腹を切りはしないだろう。

ならば、どこにも逃げられぬようにしてやればいい。

身動きを封じ、みじめに死んでもらうのだ。

跡形もなく、叩き潰してやるのだ。

（うじ虫め、奈落の底まで落ちるがいい……）

依田は決然と進み行く。

江戸の深い闇を彩る、殺しの舞台の幕が今まさに上がらんとしていた。

第五章　はしか神送り

一

夜更けの浜町河岸は静まり返っていた。

昼間の喧騒は鳴りを潜め、河岸にも船着き場にも人影はない。絶えず聞こえてくるのは風の音と、夜風にたゆたう浜町川の波音ぐらいのものだった。

彩香は今日も診療所の机にうつ伏せになり、十徳《じっとく》姿のままで仮眠中。

「うーん……」

ほつれた髪が濡れていた。

白い肌にも汗が浮き、些《いささ》か寝苦しそうである。

今宵に限ったことではなかった。

このところ、彩香は布団を敷いて横になる暇さえ無いほど忙しい。はしかの猛威はその後もとどまるところを知らず、診療所に通ってくる患者が増える一方だからだ。

それでいて、肝心の薬の仕入れが滞りがちなのが心許ない。何も高麗人参の如く、希少で高価なものが必要とされるわけではなかった。漢方医がはしかに処方するのは升麻葛根湯《しょうまかっこんとう》。風邪の引き始めに重宝されるが、腫《は》れと痛みを抑え、皮膚の発疹を治す効能も兼ね備える、手頃にして優れた薬である。

ところが、この葛根湯が深刻な品不足となって久しい。

これまで普通に売られていたものが急に手に入らなくなるのは、裏で常ならぬことが起きていればこそ。こたびの騒動は摂津屋の買い占めに加えて、はしかの患者を抱える家族たちによる、先走った行動も原因のひとつとなっていた。

江戸では病《やまい》にかかるたびに、すべての人が医者に診せるわけではない。懐具合が乏しい人々は売薬のみで病気を治そうとするため、必要に迫られて覚えた知識もそれなりに豊富であった。

当然、はしかには葛根湯が効くことも世間では広く知られている。

その葛根湯が、急に品薄になってしまったのだ。

出来合いの薬包が江戸市中から一斉に姿を消してしまい、慌てた人々は本来であれば医者が仕入れて調合する、材料の生薬《しょうやく》に手を出し始めた。

升麻、葛根、芍薬《しゃくやく》、甘草《かんぞう》、生姜《しょうきょう》。

本郷を始めとする江戸市中の薬種問屋には、五種の生薬を何とか手に入れようとする客が毎日押しかけていた。

しかし、薬は素人が容易《たやす》く作れるものではない。

材料をすべて入手して混ぜ合わせることができれば、まだいいだろう。

しかし買い揃えられないまま適当に調合しても効き目は薄く、結果として無駄をするばかり。そうやって多くの生薬が失われたことも、深刻な品不足の一因となっていた。

とはいえ、一番の悪は紛れもなく摂津屋である。

勘蔵は巨万の富を投じて江戸じゅうの葛根湯を独占し、薬種問屋を脅して売り惜しみをさせるばかりでなく、はしかに効き目があるとされる、干瓢《かんぴょう》、人参、小豆《あずき》に昆布、長芋と百合根、大根に冬瓜《とうがん》、焼き麩《ふ》といった品々にまで目を付けた上で許しがたい所業に及んでいた。

乾物の類《たぐ》いを蔵に隠匿する一方で、買い占めきれない蔬菜《そさい》についてはは流通をわざと混乱させ、品不足を招いていたのだ。

たとえば、中川と小名木川《おなぎがわ》の合流域に設けられた船番所《ふな》では利根川を経由して江戸に向かう船を検《あらた》め、市中に不審な者が侵入したり、武器弾薬などの禁制品が入り込むのを防いでいるが、勘蔵はその船番所の役人に金を摑ませ、何ら怪しいところのない蔬菜売りの船まで追い返させ、商いを邪魔させていた。

困った農民たちが土地の大名や代官を通じて訴え出ても、上は老中に至るまで勘蔵に買収されてしまっていては、どうにもならない。

もちろん将軍がその気になれば有能な御側衆たちを動かし、買収された役人をことごとく罰することもできる。

しかし、そんな真似をすればすべてが明るみに出てしまい、市中の民の公儀に対する信頼が損なわれるのは目に見えている。

故に家重公は事態を憂慮し、こたびは影の御用として闇で裁きを付けさせようと決意するに至ったのだ。

後は依田が仕置の的を見定めて、配下たちに決行を命じるのみ。

彩香も医業に日々励みながら、幕が上がるのを待っていた。

目を閉じたまま、彩香は手を伸ばす。

白い指で握ったのは、薬を配合する金属製の匙《さじ》。

長い柄には鋭利な鍼《はり》が仕込まれており、危急の折には襲ってきた相手の経絡《けいらく》を突いて動きを封じたり、必要となれば命まで奪うこともできる。過日の悪党退治で悪の親玉の平田屋を大人しくさせたのも、この得物《えもの》だった。

すっと彩香は体を起こした。

張りのある唇に得物をくわえ、空いた両手で燭台に火を灯《とも》す。

土間に降り立ち、戸締まりに噛ませておいた心張り棒をそっと外す。

相手がかかってくれば即座に応じるべく、一挙一動は慎重そのもの。

しかし、診療所の表に居たのは敵ではなかった。

「彩香、儂《わし》だ」

「殿さま、何とされたのですか？」

「今宵はそなたに逢いとうて、役宅を抜け出して参ったのだ」

「まぁ、嬉しいこと」

鍼を隠しながら彩香は白い歯を覗かせる。

と、その笑顔が強張《こわば》った。

「……人をお斬りになりましたね」

「うむ。故あって小人目付どもとやり合《お》うた」

「とにかく、お入りくださいまし」

彩香は依田の手を取った。

戸を閉める前に抜かりなく、表の様子を窺《うかが》うのも忘れない。

後を尾《つ》けられた様子はなかった。

心張り棒を掛け直し、向き直る。

依田は上がり框《かまち》に腰を下ろし、編笠と刀を脇に置く。

深編笠の正面に残る、袈裟《けさ》がけの一刀に裂かれた跡が生々しい。

返り血は途中で落としたらしいが、袴の裾には染みが点々と残っていた。

彩香は甕《かめ》の水を盥《たらい》に汲んでくる。

「すまぬな」

染みを拭いてくれる手付きは優しい。

しかし、いつまでも甘い気分に浸ってはいられなかった。

「彩香、夜分にすまぬが皆を集めて参れぬか」

「いよいよ幕を開けなさるのですね」

「何だ、嬉しそうだの」

「当然でございましょう。こたびの始末が付けば患者たちが救われますもの」

「人をあやめた手で命を救う……因果な真似をさせてしもうて、相すまぬの」

「そんな、殿さまがお気になされることではありませぬよ」

彩香はさらりと続けて言った。

「すべては私が望んでやらせていただいていること……いずれは髪を落とし、尼寺にでも入りとうございまする」

つぶやく彼女の真意は、依田も詳しく明かされていない。

以前に寝物語で聞かされたのは、一年前に医術の修業で江戸を離れていたとき両親と妹が家に付け火をされて不慮の死を遂げ、急ぎ戻った彩香が遺骨を調べたところ刀傷が見出されたこと。そして月番の南町奉行所に訴え出たものの調べを途中で打ち切られ、納得できずにいるとのことのみだった。

察するに、彩香は意趣返しがしたいのだろう。

依田と深い仲になって影の御用に進んで加わり、戦いに自ら身を投じた理由も幕府の要人とつながりを持つことによって復讐の相手を探し出し、遺恨を晴らすためと見なせば合点がいく。

左様に察しを付けながらも、依田は彩香から離れられずにいた。

この美しい女人は、幸せになりたいとはまったく望んでいない。

その気になれば幾らでも手に入るであろう、平穏で豊かな暮らしを送るよりも生きるか死ぬかの修羅場に身を置くことを、良しとしている。

痛々しい限りである。

だが、彩香は依田に何も望まずにいた。

日陰の身でも文句も言わず、調べを付けてほしいと頼んでくることもない。

きっと自力で本懐を遂げたいのだろうが、彼女が愛しい依田としては何ともいたたまれない。

無惨に殺された家族の遺恨を晴らす上で、何かできぬものだろうか。

そんな想いが、ふと口を衝《つ》いて出た。

「そなたの身内の一件は、南町が月番の折のことであったな」

「左様でございますが、どうかなされましたか」

「儂は今宵、山田肥後守に貸しを作った」

「……………」

「何故に調べを打ち切り、ただの付け火で落着させたのか、裏を明かせと申せば今のあやつには断れまい。如何《いかが》いたす？」

「……お願いいたしまする」

彩香は静かに頭を下げた。

「心得た。大船に乗った気で任せておくがいい」

依田は満足そうに笑みを浮かべる。

ともあれ、私事は後回し。

「されば彩香、皆への知らせを頼む」

「はい」

「まずは八州屋に参り、新平と与七を起こすがいい。早見たちを連れ参る役目は二人に任せ、そなたは先に戻って構わぬぞ」

「よろしいのですか、八丁堀なら目と鼻の先ですのに」

「独り身の神谷はともかく、早見と小関はまずかろう。内儀どもが美しいそなたに妬心《としん》を抱くは必定だからの」

「まぁ、お上手ですこと」

笑みを返し、彩香は表に出て行った。

見送る依田の表情は複雑だった。

日陰の身なれど、彩香は愛しい。

いつまでも、影の御用の片棒などを担がせておきたくはない。

本音としては、そう思わずにいられなかった。

しかし、暗殺奉行に感傷は無用。

大義を為すのに余計な私情を交えれば、他の配下たちから必ずや不信を招く。

まして、依田が束ねているのは北町奉行所の猛者《もさ》たちなのだ。

若い早見と神谷はもちろんのこと、歳が近い小関も温厚そうでありながら実は結構ふてぶてしい。

こちらが甘いところを見せれば、三人とも即座に逆らうのは目に見えている。

新平と与七の二人も同様であった。

元は独り働きの盗賊で無頼あがりの与七はもちろん、大店《おおだな》の若旦那である新平も軟弱なようでいて転んでもただでは起きず、やられたらやりかえす芯の強さを持っている。

思い起こせば影の御用の初仕事で悪旗本どもを仕置したとき、大枚を惜しまず仕掛けを用意して懲らしめるやり方を新平が提案したのも、自分を捕らえて痛め付けさせた連中への意趣返しを含めてのことだった。

五人とも個性はそれぞれ違うが、男らしく気骨があるのは皆同じ。なればこそ頼もしいが、油断は禁物。猛獣使いの心境で気を張っている必要があるし、常に依田が一番の強さを発揮しなくてはならないのだ——。

依田は無言で刀を取った。

左腰にきっちり帯びて、土間に立つ。

板戸越しに漂う殺気に気付いたのだ。

（さすがは小人目付衆。早々に調べを付けおったか）

胸の内で依田はつぶやく。

浜町河岸に来る途中で殲滅《せんめつ》した一党の他にも、手勢が残っていたのだ。

何も小人目付の全員が、寺井に従っているわけではない。江戸のすべての薬種問屋が勘蔵の言いなりになるのを拒んでいるのと同様に、私利私欲で動く上役に不審を抱き、手を貸さずにいる者も少なくなかった。

そのような真摯《しんし》な者たちならば依田とて斬りたくないし、役目としてこちらを捕らえるつもりならば、潔く縛《ばく》にも就こうというものだ。

されど、表から迫る殺気はどす黒い。

寺井と同じく私利私欲に囚《とら》われており、金を摑まされれば欲得ずくで人を斬るのも辞さない、薄汚れた輩《やから》だった。

依田は心張り棒を外し、一気に板戸を引き開ける。

「うぬ、和泉守っ」

「こやつ、気付いておったのかっ」

灯火に照らし出された、黒装束の敵は二人。

提灯《ちょうちん》を消して夜目を利かせていたのが災いし、動きが一瞬遅れている。

斬り込んでくるより速く表に飛び出し、依田は刀を抜き打った。

ザン！

バスッ！

「ぐ……」

「お、おのれ」

手にした抜き身を振り抜くこともできぬまま、二人は崩れ落ちていく。

続いて仕掛けてくる者はいなかった。

依田は刀の血を拭い、亡骸《なきがら》を土間に引きずり込む。

そこに彩香が戻ってきた。

「そなた、無事であったか」

「行きに一人返り討ちにいたしました。引導を渡した上で川に落としておきました故、朝まで見付かる恐れはありませぬ」

「さすがだの」

「いえ、殿さまのお腕前には到底敵《かな》いませぬ」

何食わぬ顔をして、彩香は依田を手伝う。

程なく、早見たちが姿を見せた。

「この黒装束、やはり小人目付でござったか」

土間に横たえられた亡骸を目にして、神谷がつぶやく。

「俺たちにも途中で四人突っかかってきたんですよ、与七が手伝ってくれましたんで、決着《けり》はすぐ付きましたがね……」

言い添える早見の後ろでは、小関が黙ったままでいた。

「大事ないか、おぬし」

念を押す依田の口調は厳しい。

「南町の与力と同心二人を無惨に殺害せしめたのは、摂津屋が飼《こ》うておる用心棒ともに相違あるまい……おぬしにとって、こたびは愛弟子の意趣返しということになろうが、私情を交えすぎるは禁物ぞ。その旨をしかと心得よ」

「重々承知の上でございやすよ、お奉行。こいつぁ影の始末とはいえ、畏《おそ》れ多くも上様から仰せつかった御用なんですから、ね」

答える小関の声は落ち着いていた。

早見と神谷も同様である。

花井たちの通夜は焼香するため立ち寄るのみにとどめ、揃って足を運んだ目的はただひとつ。

今は故人を偲《しの》ぶよりも己にしか為し得ない、影の御用を全うしたい——。

上がり框に腰掛けた依田を囲み、七人は顔を見合わせた。

口火を切ったのは早見だった。

「お奉行、乾は俺に任せてもらいましょうか」

「抜刀術の手練《てだれ》と聞いておるが、大事ないか」

「なーに、打つ手は考えてありますよ。こないだ虚仮《こけ》にされたぶんもきっちり倍返しにしてやりますんで、どんと任せておくんなさい」

自信満々の早見に続き、神谷が進み出る。

「座坊と我黄は離れた隙に、それがしとおやじどので一人ずつ仕留めまする」

「相手は強すぎて江戸相撲を追われた、剛力自慢の巨漢どもだ。しかるべき策を講じた上で、抜かりのう仕掛けるのだぞ。わかっておるな、小関」

「へい」

小関は言葉少なにうなずき返す。

彩香は新平に向き直った。

「若旦那。与七さんともども手伝《てつど》うていただけますか」

「摂津屋に乗り込むんですね。合点です」

即座に請け合う新平の後ろで、与七も黙ってうなずいた。

「されば儂は、寺井玄蕃を連れて参ろう」

力強く宣し、依田は腰を上げる。

堂々とした立ち姿に、隙はない。

男たちが順に一礼し、戦いの場に赴く背中を見送る態度も凛々《りり》しい。

そんな依田に思わぬ動揺を覚えさせたのは、彩香だった。

「くれぐれも気を付けよ」

「ありがとうございます、殿さま。ですが大事はありませぬよ」

「何を言うておるのだ。相手は小柄なれど歴《れっき》とした男。おぬしといえども舐《な》めてかかれば後れを取りかねぬぞ」

「ですから大事はございませぬ」

「何だ、その物言いは。こちらはおぬしを案じて……」

「ゆめゆめ後れを取りはいたしませぬ。なぜなら勘蔵めは、私にかねてより懸想しておりますから」

「何っ」

「この地に診療所を開いて早々からしつこく言い寄り、その気になったときにはいつ何時でも構わないから、往診に来ましたと言って訪ねてお出《い》でと……。このたびのはしか騒動でも私の気を惹《ひ》こうと、生薬を山ほど届けて参りました」

「ま、まことか」

「もちろん受け取ってはおりませぬ。今日《こんにち》まで殿さまが都合してくださるぶんで何とか賄えましたので……。今宵あやつに引導を渡せば、もはや品不足に憂えることもなくなりましょう」

「そのとおりぞ。されば、よしなに頼む」

「お任せくだされ、殿さま」

彩香は背を向け、奥の部屋に入って行く。

着替えを始めたとなれば、親しい仲でも遠慮が必要。

依田自身も、のんびりしてはいられなかった。

(私情は禁物、私情は禁物……)

己自身に言い聞かせながら、踵《きびす》を返す。

まずは役宅に忍んで戻り、身支度を整えた上で心気も落ち着かせてから、敵に立ち向かう所存であった。

依田が相手取る寺井玄蕃は、小兵《こひょう》ながら侮《あなど》れぬ技の遣い手だ。

偉そうにしておいて後れを取り、配下たちを失望させるわけにはいくまい。

夜風の吹きすさぶ中、依田は力強く歩き出す。

かくして暗殺奉行と配下たちは、それぞれ戦いの場に散り行くのであった。

二

寺井と摂津屋の許にそれぞれ向かった七人だったが、その夜の決行は見合わせざるを得なかった。

寺井家の屋敷が在るのは、上野の山裾に当たる下谷《したや》の地。

「いけませんぜ、お奉行」

裏門から忍び込もうとした刹那、依田は与七に小声で呼び止められた。

「今し方ちょいと覗《のぞ》いてみたんですが、塀の向こうで寺井の家来どもが待ち伏せしておりやす」

「まことか？」

「御法度の鉄砲こそ見当たりやせんが、鑓《やり》に弓まで持ち出してやがるんで……お奉行のお腕前でも、斬り破るのは少々骨が折れるこってござんしょう」

「ううむ、それは手強いの」

依田は覆面の下で眉を顰《ひそ》めた。

うなずく与七も忍び装束に身を包み、着物と同じ黒い布で頬被りをしている。

「時におぬし、また何故に参ったのだ」

「実は摂津屋のほうも、いつもより見張りが厳しゅうござんしてね」

「何っ」

「ぶっとい棍棒《こんぼう》を持たされた手代が表も裏も固めてやがる上に、奥に引っ込んだ勘蔵には乾と関取くずれがぴったり張り付いておりやした」

「あやつもこちらの動きに感づいたということか」

「手代どもはともかく用心棒が三人総出で護りを固めてるんじゃ、手の出しようがありやせんよ。それに下手に騒ぎになれば、こっちが悪者扱いで御用風を食らっちまいやす。北のお奉行と与力同心の旦那がたが手配されるなんざ、そんなの洒落にもなりやせんよ」

「ううむ……」

「旦那がたも先生も、どうにもならねぇんで引き上げなすったところです。それであっしは若旦那の言い付けで、お奉行をお迎えに参った次第なんで」

与七が言うとおりであった。

日本橋の摂津屋も警戒は厳重を極めており、表も裏もぴたりと閉ざされていて蟻の這い込む隙間もない。

山田に差し向けた小人目付衆が返り討ちにされてしまったことを、勘蔵はすでに寺井から知らされていたのである。

そこで一気に攻めてくると見越して、護りを固めたのだ。

「ここはひとつ、けんどちょうらいしなすったほうがよろしいですぜ」

「おぬし、何処でそんな言葉を覚えたのだ」

「うちのご隠居が若い頃から肝に銘じてなさるそうで、お部屋の壁に貼ってあるのを掃除しにうかがうたびに目にしておりやす。一度はしくじっても巻き返せばいいってことでござんしょう？」

「うむ……要はそういうことだ」

「ご隠居さんも八州屋を今の大きさになさるまでにゃ、そのけんど何とかの繰り返しだったそうですぜ。出直すのは別に恥ずかしいことじゃない、無理に押して潰れるよりは逃げるが肝心とも、常々言っておられやす」

「たしかに、今は捲土重来《けんどちょうらい》を期すべきだの……」

依田がつぶやいたのは、唐代の詩の一節。

敗軍の将となって自刃した項羽《こうう》の辞世として書かれているが、日の本では我が身に置き換えながらも前向きに解釈し、励みとする者が少なくない。

依田もまた、生き抜くために肝に銘じている一人であった。

かくして依田は彩香の診療所に戻り、改めて一同と顔を合わせた。

「かくなる上は止むを得まい。間を置いて油断を誘うといたそうぞ」

「そんな、早いとこ仕掛けなくてよろしいんですかい？」

「急《せ》くでない早見。斯様《かよう》な折こそ、焦りは禁物ぞ」

依田は腕組みを解き、静かに言った。

「下手に動けぬのは、あやつらとて同じこと……儂はもとより南の奉行にも迂闊《うかつ》には手を出せまい。山田肥後守の身に何か起きれば、真っ先に疑われるのは寺井だからの」

「さて、それはどうでしょうな」

疑わしげに小関は言った。

「小人目付に襲わせたのが寺井とすれば、南のお奉行を殺《や》っちまっても構わない見通しが付いたからだと思いますぜ。町奉行の職はあの野郎に限らず出世したいお旗本にとって、喉から手が出るほど欲しいもんですからね……」

「うむ、一理あるな」

依田は素直にうなずいた。

他の奉行所で一介の同心がこんな意見をしても相手にされず、上の者からは頭ごなしに押さえ込まれるだけだろうが、依田は違う。

立場が上の者ならば、必ずしも実になる意見ができるわけではない。かえって何かと利害に縛られ、黒を白と置き換えてしまいがちでもある。

しかし依田は北町奉行としてはもちろん、暗殺奉行としても下の者の気付いたことを真摯に取り上げ、吟味するのが肝要と常々考えていた。熟練した隠密廻である小関の意見ならば尚のこと、真剣に耳を傾けるべきであろう。

「そういえば寺井の奴、下城なさるご老中を呼び止めておったな」

「ほら来た、そいつぁきっと根回しですぜ」

依田のつぶやきを受けて、小関は言った。

愛弟子だった南町の若い与力と同心たちを無惨に殺され、怒りに燃えているのかと思いきや、意外なほど落ち着いていた。

「お奉行、ひとつ裏を取っていただけますかい」

「心得た。任せておくがいい」

「ありがとうございやす」

ぺこりと頭を下げる姿を、早見と神谷は黙って見守る。

小関の心中を察すると、胸が痛くて堪らない。できることなら今すぐにでも敵の許に乗り込んで、思い知らせてやりたいはずだ。

むろん、怒っているのは二人も同じであった。

「……あの乾って用心棒、元は西国のさるお大名付きの小姓だったそうだぜ」

早見が苛立たしげにつぶやいた。

「小姓っていえば殿さまの刀を捧げ持つのがお役目だが、いざってときは手前で抜いて戦うもんらしいな。それで合ってますかい、お奉行？」

「左様。儂が前《さき》の上様の御側に仕え居りし頃の朋輩《ほうばい》も、大した腕利きであった」

「成る程ねぇ、道理であの野郎も腕が立つわけだ」

依田の答えに、早見は納得した様子でうなずく。

「あーあ、悪党のくせに強いってのは腹が立ちますねぇ……」

憤懣《ふんまん》やるかたない様子で、溜め息を吐いたのは新平だった。

「違うぞ、新平」

と、それまで黙っていた神谷がぼそりと言った。

「もとより力を手にしていればこそ、好んで悪の道に入りたがるのだ。あくせく働かずとも楽に生きられると、若くして知ってしまうからな」

「すみやせんが旦那、そのお考えもちょいと違いますぜ」

今度は与七が口を挟んだ。

「たしかに腕っこきの野郎ってのは、楽して世間を渡れるもんだと思い込みがちなもんでさ。恥ずかしながらこのあっしも、そういう手合いの一人でござんしたからね……手前で言うのも何ですが、こんなのは悪《わる》としては甘いほうなんで」

「何故だ、それは」

「好き勝手に生きてるようで、上のもんにしっかり首根っこを摑まれているからですよ。幾ら偉そうに吠えたところで、ただの犬っころでさ」

「そうか……たしかに乾達人も力士くずれの大男どもも、詰まるところは摂津屋の飼い犬に等しき境遇だな」

「もちろん、だからって許せるわけじゃありやせんがね……」

小関を気にしながら、与七は続けた。

「それはそれとして一番汚ねぇのは、ほんとは腕も口も立つくせに弱っちい振りをしやがって、人様に護《まも》ってもらおうとする奴でさ。目付の寺井ってのも、そうした糞野郎の類いなんでござんしょう」

「うむ。あれこそ下種《げす》の極みにして、真に許しがたき外道ぞ」

与七の言葉を受けて、依田は言った。

「あやつが出世を望むのは将軍家への忠義に非《あら》ず、ただ己の欲を満たしたいが故にすぎぬ。もとより日の本の行く末に何の理想も持ってはおらぬし、武士どころか男の風上にも置けぬ輩《やから》だ。そんな糞野郎なれど目端が利き、わが身を護るための悪知恵は呆れるほどに回る故、油断いたさば足元をすくわれる……あのような輩にいいように使われた山田肥後守が、さすがに哀れに思えて参った。影の御用の秘事を口外されぬためには、まず肥後守を斬らねばと一時は思い定めておったのだが、な……」

つぶやく口調こそ淡々としていたが、目の輝きは鋭かった。

「皆、儂より重ねての頼みだ」

淡い灯火の下、依田は一同に向き直る。

「寺井玄蕃は断じて生かしておけぬ。まかり間違《まちご》うて南町奉行の後釜にあやつが座れば、華のお江戸は真っ暗闇ぞ。何としてでも引導を渡すのだ」

「摂津屋勘蔵の息の根も止めなくちゃいけませんよ、殿さま」

彩香がおもむろに口を挟んだ。

「それともうひとつ、大事なことをお忘れではありませんか」

「何のことだ」

「あっさりと往生させてやっては物足りない……左様には思われませぬか」

「要するに、因果応報の理《ことわり》を思い知らせよということか」

「はい。平たく申せば外道は楽に死なせるに値しませせぬ故、皆さまでせいぜい苦しめてやってくださいと申し上げたいのです」

彩香は続けて言った。

「皮肉なことなれど、善き人々は病に倒れても満足な治療を受けられず、命尽きるまで艱難辛苦《かんなんしんく》を舐《な》め続けるが世の習い。悪しき者どもが金に飽かせて、医者と薬を我が物にしているからです。こたびのはしか騒ぎも左様でありましょう」

つぶやく彩香はいつもの十徳姿。

今宵は出番のなかった艶《あで》やかな着物は、奥の衣桁《いこう》に掛けてある。

医者の装いに戻っていればこそ、うなずける話だった。

「そうだなぁ、思い知らせてやらなくっちゃなるめぇよ」

小関が静かに口を開いた。

「話が通じねぇ奴らにゃ力ずくで物の道理を教えてやるのが常だが、あいつらは揃いも揃って怖いもんなしの糞野郎だ。ぶち殺すより他に思い知らせる手立てがねぇんだから、どうしたって仕損じるわけにゃいかねぇなぁ……」

淡々としたつぶやきを、一同は黙して胸に刻む。

今まで相手にしてきた連中にも増して、こたびの標的は悪事を働いている自覚を持たぬ奴ばかり。

放っておけば平気で同じことを繰り返すだろうし、御用鞭《ごようべん》（逮捕）にされたと

して も、金と権力で早々にお解き放し（釈放）となるのは目に見えている。

道理が通じぬ者たちは、天下の御法を以てしても裁ききれまい。

力ずくで死の恐怖と向き合わせてやるより他に、打つ手はないのだ。

だが、問題なのはその方法。

今の寺井と勘蔵は、甲羅に首を引っ込めた亀である。

自ら表に出てこないだけではなく、護りを固めさせた配下が手強い。

寺井に従っていた小人目付は今宵の戦いですべて斬り伏せたものの、子飼いの家士たちに武装させているとなれば侮れない。

それでも正面から乗り込むのを避け、逆に隙を突くことによって攻略するのは可能であろうが、難物なのは摂津屋の三人の用心棒だ。

「まとめて相手にしたんじゃどうにもなるめぇ。奴らが一人ずつになったところを狙うべきだろうぜ」

「うむ。その上で罠に掛けることだな」

「それは任せてくださいよ、旦那がた」

早見と神谷のやり取りに、新平は嬉々として割り込んだ。

「すぐに何とかしろって言われても無理なご相談ですが、ほんの少しだけ日延べをさせてもらえるんなら、どうとでも段取りは付けられます。何しろ私は八州屋の若旦那でございますからねぇ」

「へっ、大した自信だな」

早見は思わず苦笑する。

だが、この新平の存在こそ今は頼もしい。

手強い用心棒どもの隙を突いて引導を渡し、ふざけた生き方をしてきたことの報いを思い知らせてやるための良き手立てを、早見たちがそれぞれ駆使する必殺の技に合わせて、上手いことお膳立てしてくれるはずであった。

三

それから数日の間、七人は何食わぬ態を装って過ごした。

依田は登城しても常と変わらず快活に振る舞い、城中で寺井を見かけても無視することなく、進んで挨拶をしてやった。

「これはこれは寺井どの、お役目ご苦労」

「和泉守どのこそ、ご無事で何よりですな」

「は？　何も危うい目になど遭うてはおらぬが」

「それは重畳《ちょうじょう》。くれぐれも御身《おんみ》を大切になされよ」

「かたじけない。お互いに長生きをしたいものだの」

さりげなく腹の内を探り合いながらも、依田は笑みを絶やさない。屋敷の守りの固さに懲りて、仕掛ける気は失せたと思い込ませるためであった。


浜町河岸の診療所では、彩香が日頃と違う行動を取っていた。

「よ、よろしいのですか、先生？」

「はい。どうか旦那さまによしなにお伝えくださいましね」

「し、承知しましたっ」

摂津屋の手代が慌てて駆け戻っていく。

それは慌てふためくに値する出来事だった。

勘蔵の言いつけで届けた生薬を、彩香が初めて受け取ったのである。

女好きで知られるあるじが下心を抱いているのは、もとより承知の上のはず。にも拘わらず満面の笑みで応じたのは、脈が出てきたということだ。

一刻も早く、勘蔵の耳に入れてやるべき朗報であった。

その日、小関が八丁堀の組屋敷に戻ったのは夕暮れ前。

いつもより、やや早めの帰宅である。

「敏江さん、ただいま戻りましたよ」

「お帰りなさいませ、お前さま。すぐにお食事の支度をいたしましょう」

「それが急な御用を仰せつかりましてね、また出かけないといけないんですよ」

「まぁ、急な調べ事ですか」

「ええ、お奉行のご用事で……。隠密廻の辛いとこですよ。ははははは」

何食わぬ態を装いながら、小関は脱いだ雪駄《せった》をきちんと揃える。

実を明かせば、ただの用事ではない。

小関は今から、生きるか死ぬかの勝負をしに行くのである。

これが試合ならば、真剣を用いた立ち合いであっても命まで失うことは滅多にない。雌雄が決すれば即座に止められるし、相手も寸止めにするか、たとえ手傷を負わせても致命傷まで与えることは避けるのが、武士の情けだからだ。

しかし、影の御用の戦いは違う。

相手の息の根を止めるまで、決着は付かない。

譬《たと》えるならば、合戦なのである。

確実に倒さぬ限り、こちらがやられてしまうのだ。

太平の世に生まれていながら、何と因果なことなのか。

「はぁ……」

雪駄を揃えた小関はしゃがんだまま、深々と溜め息を吐く。

玄関には喪服用の草履が用意されていた。

明日は花井と川野、戸崎の初七日である。

小関も出席したいのはやまやまだったが、どうなることか分からない。

（相手は一筋縄じゃいかねぇ、力士くずれのでかぶつだからな……）

新平が段取りを付けてくれたとはいえ、確実に仕留められるかどうかは実際に組み合ってみなくては何とも言えない。

それでも小関は臆してなどいられなかった。

死者を弔うのも大事だが、今は戦うことが急がれる。

悪党どもを速やかに始末しなければ、南北の町奉行の命が危ない。

寺井も摂津屋も今は間を置かれて拍子抜けしている模様だが、このまま放っておけば早々に、再び動き出すのは目に見えている。

その前に、叩き潰してしまわねばならない。

依田はもとより山田のことも、死んだ花井たちが尊敬していた上役だけに、見殺しにしたくはなかった。

三人の組屋敷には、昼間のうちに早見と神谷ともども顔を出してきた。

(花井の親父、ずいぶん老け込んじまったなぁ……)

通夜の折にも増して痛ましい有り様を思い出すと、何とも切ない。

ともあれ、明日の法要は出られなくなる可能性が大きい。

早見は鶴子、独り身の神谷は女中のおたみに代理を頼む段取りをすでに付けてあるという。

小関もさりげなくごまかして、敏江だけ行かせるつもりであった。

「ああ、そうだ」

立ち上がりざま、ふと思い出した様子で語りかける。

「この御用は明日までかかっちまうもんで、私も神谷も、花井たちの初七日には出られそうにないんですよ」

「まぁ」

「神谷は例の、別嬪《べっぴん》の女中に代わりを頼んだそうです。敏江さん、すみませんが一緒に行ってやってあげてください」

「それは構いませぬが……」

「そうそう、まずは腹ごしらえを済ませないと」

小関は話を打ち切った。

「敏江さん、支度は握り飯と漬け物だけで構いませんよ。ちょいと親父に線香を上げさせてもらいますんで、部屋に運んどいてください」

それだけ告げ置き、小関は仏間に足を向けた。

大きな仏壇に並んだ位牌は、どれもだいぶ煤けている。一番新しい父親のものでさえ、すでに十年余り経っていた。

「お前さま」

敏江が付け木を持ってきてくれた。

「ああ、すみませんね」

受け取った火を蠟燭《ろうそく》に移すと、部屋の中が明るくなる。

(今年はたしか十三回忌だったなぁ……。もしものときは叔父さん夫婦に任せることになっちまうけど、勘弁してくんな)

胸の内で詫びながら、小関は蠟燭に火を灯す。

線香の煙が漂う中で、思い起こすは己の半生。

早いもので、若い若いと思っているうちに五十も目前。

柔術の稽古に血道を上げ、無鉄砲に命懸けの果たし合いをしたこともある昔であればともかく、今さら生きるか死ぬかの勝負をすることになろうとは、考えてもみなかった。

むろん、影の御用を仰せつかったこと自体は喜ばしい。

金ずくで裁きに手心を加え、無実の者も平気で罪に問うような上役に奉行所を牛耳《ぎゅうじ》られ、力を尽くしても実を結ぶことのない勤めに倦《う》み疲れて、このまま怠惰に過ごすしかないのかと諦めていたところに、思わぬ励みができたからだ。

しかし、世の中は甘くなかった。

己の力の及ばぬ敵が、ついに出てきたのである。

張り手遣いの座坊は神谷に任せ、小関は我黄に仕掛ける手筈。

有利に戦える場所と罠を新平が用意してくれてはいるが、油断はできない。

殺しのさば折りを駆使する我黄は、江戸相撲の力士として絞め技を得意とした強者。相棒の座坊ともども立ち合う相手を片っ端から痛め付け、死に至らしめたのが災いして土俵を追われたものの、その強さは本物だった。

果たして自分は勝てるのか。

仕損じれば、命を落とすのは小関だけでは済まない。早見と神谷が今度は逆に付け狙われ、危険に晒《さら》されることとなるのだ。

これ以上、周りの若者たちを死なせたくはなかった。

花井と川野、戸崎のことも悔いは尽きない。

摂津屋と事を構える前に、何とかできなかったのか。

影の御用のことは明かせぬまでも、手を貸してもらいたいと一言頼まれれば調べを付けるのに協力してやり、罠を事前に察知して命を救うこともできたはず。

「……」

立てた線香が短くなっていくのを、小関は黙って見つめるばかり。

何にも増して気懸かりなのは、敏江の今後の身の振り方。

家付き娘も若くはなく、新たな婿を取るのは難しい。

養子を取らざるを得ないだろうが、たとえ身内から選んだとしても老後の面倒を能《よ》く見てくれるとは限るまい――。

「あー、どうしたもんかなぁ」

小関は頭を掻きむしった。

「おっと、いけねぇ」

手を目の前に持ってきて、我に返る。
ただでさえ残り少ない髪の毛を、自分でむしってしまうとは愚かな限り。
こんなことをしている場合ではない。
小関の両肩には、さまざまなものが乗っている。
仲間の命に愛弟子たちの無念、そして愛する妻の行く末。
この重みに耐え、一歩を踏み出さねばなるまい。
線香が燃え尽きるのを見届けて、小関は仏間を後にする。
座敷にはお膳が用意されていた。
(最後の飯にならなきゃいいけどなぁ……)
胸の内でぼやきながら、上に掛けられた布巾を取る。
置かれていたのは素っ気ない、白いばかりの握り飯が二つきり。
脇には刻んだ大根漬けが添えてあるだけだった。
(へっ、潔くていいかもしれねぇ)
苦笑しながら、小関はひとつを口に運ぶ。
「ん……？」
齧《かじ》ったとたん、ふと遠い昔の光景がよみがえる。

あれは所帯を持って間もない、奉行所同士の柔術の対抗戦でのこと。

大将に選ばれた小関は昔からの好敵手だった花井の父親とぶつかり、熱戦の末に勝利を手にした。その折に応援しに来てくれた敏江の弁当の中身が、目の前のお膳とまったく同じものだったのだ。

武芸の試合の前に口にするのは、握り飯ならひとつが適量とされている。

しかし敏江は、倍のふたつをこしらえた。

夫が並外れた大食いであることを新婚早々から承知しており、ひとつきりでは試合が長びいたときに戦い抜けまいと判じたのだ。

そんな気遣いの甲斐あって、小関は宿敵を制した。いつもであれば途中で力が抜け、相手に押しきられてしまうところを、何とか耐え抜くことができたのだ。

飯の量は多めでありながら、添えた漬け物は少なかった。

それもわざわざひと手間かけ、細かく刻んでおいたのは腹のこなれをよくするため。握り飯に具を入れず、きつめに塩を効かせるのみにとどめたのも、同様の配慮であった。

(あのときはほんとに助かったぜ。……敏江さんのおかげで俺は男を上げたんだよなぁ……)

思えばあれは、小関が初めて謝した内助の功。

あれから二十四年、日々の食事に不満を抱いたことなど一度もない。

これほどの良妻を、独りにさせてはなるまい。

寂しい老後を送らせるなど、以ての外だ。

茶碗の白湯《さゆ》を飲みほすと、小関はお膳を手にして立ち上がる。

敏江は台所に立ち、釜であんこを錬っていた。

「まぁ、そのままでよろしゅうございましたのに」

「いえいえ、何ほどのこともありませんよ」

戸惑う敏江に手を振って、小関は自ら什器《じゅうき》を洗い始めた。

きれいに拭いて片付けると、改めて向き直る。

「ごちそうさん。おかげであのときみたいに、腹に力が湧いてきましたよ」

「お前さま、覚えていらしたのですか……」

「ははは、当たり前でしょう。初めてしてもらった内助の功を、忘れるものではありませんよ」

「嬉しゅうございます、お前さま」

「では行って参ります。戸締まりには気を付けるのですよ」

笑顔で告げ置き、小関は背を向ける。

廊下を抜けて、再び部屋に戻る。

床の間に置かれた刀を取り、右手に提げる。

このまま顔を合わせずに出かけてしまうのは、心苦しい。

台所の窓から射した夕陽に浮かぶ妻の姿は、齢《よわい》を重ねていても可愛かった。

抱き締めてやりたかったが、戻ってはなるまい。

こたびの相手は、未曾有の強敵。

持てる力を余さず出し切っても、勝つのは至難であろう。

まして雑念など抱いたままでは、全力で戦えない。

一旦すべてを忘れ去り、無心となるのだ。

ただし忘れてはならぬのは、相手を死に至らしめる理由。

ただの義憤では弱い。

無惨に殺されてしまった三人の恨みを晴らしたい想いだけは、絶えず燃やしておかねばなるまい――。

そんな一念が玄関に立ったとたん、思わず口を衝《つ》いて出た。

「やってみなけりゃわからねぇが、いよいよってときは相討ちに持ち込んでやるから安心しな。花井、川野、戸崎……俺に力を貸してくれよ」

揺るぎない決意を込めて、低くつぶやく小関であった。

四

その夜、摂津屋勘蔵は思いがけない訪問を受けた。

「浜町河岸の先生だと？」

「はい。往診に参りました、との仰せなのですが……」

奥まで知らせに来た番頭も、困惑の色を隠せない。

それは二重の驚きだった。

彩香がこうして訪ねてくること自体が、まず有り得ない。

しかし、何の兆候もないわけではなかった。

手代にだめ元で届けさせた生薬を、今日は初めて受け取っていたからだ。

我ながら呆れるほどに口説いたものだが脈は無く、山ほどの生薬を餌に釣ろうとしても突き返されただけだったのに、急に態度が変わるとは考えがたい。

「背に腹は替えられないってことでございましょう。どうにも薬が欲しくて、旦那さまに身を任せる気になったんじゃ……」

「違うな。あれがそんな甘い女か」

番頭の言葉を遮り、乾が口を挟んできた。

「勘蔵、あの医者は依田和泉守の手の者の一人だ……。察するにあやつらは深い仲のようだが、いずれにせよ今さら口説きに応じるとは考えられぬ。おぬしの命を狙《ねろ》うて参ったに相違あるまい」

「それならそれで面白いじゃありませんか、先生」

勘蔵はにやりと笑った。

「色仕掛けに自信があるのは、こちらも同じですからね……ひとつ受けて立ってやるとしましょう」

「年寄りの冷や水は止めておけ」

食い下がる乾の表情は、いつになく大真面目。

あるじの身に万が一のことがあれば、飯の食い上げだからだ。

「あの女はしたたかな女狐ぞ。いっそ斬ってしもうたほうがいい」

「冗談じゃありませんよ、先生」

勘蔵は目を剝《む》いて言い返す。

「彩香には浜町河岸に越してきてから、ずっと目を付けていたんだ。ものにできるのなら狐どころか、鬼でも蛇でも構いやしませんよ」

話を打ち切り、勘蔵は手文庫を持ってくる。

印判や土蔵の鍵と一緒に、小判や板金が小分けにされて入っていた。

懐から懐紙を取り出し、一両二分をくるんで差し出す。

「ほら、これで遊んでお出でなさい」

「ふん、野暮は言うなということか」

懐紙の包みを受け取ると、乾は苦笑して見せた。

「雇い主が左様に言うなら致し方あるまい。朝まで戻らぬが構わぬな」

乾は刀を提げて立ち上がる。

廊下を渡っていくと、向こうから見慣れぬ女がやって来た。

「ん……!?」

乾が驚いた顔で足を止める。

彩香はいつもの十徳姿ではなく、艶《あで》やかな着物をまとっていた。

「おぬし、浜町河岸の医者なのか？」

「これは乾先生、いつもお役目ご苦労さまです」

しなを作って彩香は微笑む。

「こんな時分にお出かけですか」

「う、うむ。あるじの許しが出たのでな」

思わぬ彩香の様変わりに度肝を抜かれ、乾の態度はぎこちない。

「そ、それよりおぬしはまた何故に」

「考えを改めたのです」

彩香はさらりと答えていた。

「か弱き女の身で絶えぬ病に立ち向かい続けるのに疲れてしまいました故、摂津屋さまのお世話になろうかと」

「まことか？」

「はい」

軽く頭を下げる動きまで、常にも増して艶《つや》っぽい。

もしも殺気がわずかでも漏れていれば乾に気付かれ、その場で斬り捨てられていただろう。

己自身にも暗示をかけた、彩香の芝居は完璧だった。

「女は変わると申すのは、まことであったのだな……ふっ、俺もまだまだ修行が足りぬわ」

苦笑しながら摂津屋を後にした乾は、日本橋の通りに出た。

「さて、今宵は深川まで足を伸ばすかな」

ひとりごちながら歩を進め、向かうは富岡八幡宮の門前町。

今や吉原を超えたと言う者も少なくない、江戸でも有数の色町であるが日本橋からは少々遠く、永代橋《えいたいばし》を渡った先の門前町まで歩いて出向くのはくたびれるし、帰りも徒歩では疲れる。

こういうときには駕籠《かご》を頼むか、一艘仕立てるのが江戸での習い。

しかし折悪しく、存じ寄りの船宿では猪牙《ちょき》がすべて出払っていた。

「すみませんねぇ先生、屋根船ならございますけど」

「ふざけるな、男が独りで乗って何をいたせと言うつもりか」

「いえ、お急ぎでしたらそれもよろしいかと。先だってもあっしの友達《だち》が気前のいいお二人連れに使っていただいたそうなんで……」

「それは男同士の念友《ねんゆう》とか申す輩であろうが。一緒にするでないわ」

若い船頭に毒づき、乾は憤然と表に出る。

と、船着き場から声をかけてくる者がいた。

「よぉ、摂津屋の用心棒先生」

「うぬ、北町の木っ端《こっぱ》役人か！」

猪牙の上から呼びかけてきた早見兵馬を、キッと乾は睨《にら》み付ける。

「おお、怖い怖い。そんなに目を剝いたら色男が台無しだぜぇ」

軽口を叩きながら、早見は乾を手招きする。猪牙だけ借り受けたらしく、船頭の姿は見当たらなかった。

憮然《ぶぜん》と船着き場に立った乾は、猪牙を降りた早見を無言で見返す。

持ちかけられたのは思いがけない話だった。

「なぁお前さん、ちょいと俺に付き合っちゃくれねぇか」

「何だと」

「こないだの勝負の続きがしたいのよ。なぁ、いいだろ」

「舐めておるのか、うぬ」

乾は低い怒声で早見に告げた。

「うぬらが依田和泉守の命を受け、御法破りの所業に及んでおるのはすでに承知の上だ。くだらぬことを申しておると、御目付の寺井どのをお呼びいたすぞ！」

「へっ、そんなこと言って逃げるつもりなら構わんぜ」

「うぬ、俺の話を聞いておるのか」

「その代わり、乾達人の居合は見せかけだけの大道芸、どこのご家中に居たのかは本人が黙ってるから定かじゃねえが、あれじゃ御役御免になるはずだって江戸じゅうに触れ回ってやるけど、それでもいいのかい」

「おのれ、ふざけおって……」

「お前さん、昔は大名の側近くでお仕えしてたって言ったよな。さむれぇの矜《きょう》持《じ》ってもんがまだあるのなら、挑まれて逃げられればしねぇはずだ」

「む……」

「今さら誇りなんぞはどうでもいいってんなら、吉原でも仲町《なかちょう》でも好きなとこに繰り込むがいいさ。何なら、あの猪牙を譲ろうかね？」

「要らぬ」

「ってことは、勝負の続きをするんだな」

「やってやろうぞ。御目付衆に成り代わり、うぬに引導を渡してやるわ！」

「どうどう、声が大きいぜ」

馬でも宥《なだ》めるように告げると、早見は乾に背を向けた。

「おい、何処《いずこ》に参るのかっ」

再び猪牙に乗ろうとするのを乾は追った。

「いい加減にせい。うぬこそ逃げる所存ではないか!?」

「違うよ。ちょいと河岸を変えるだけさね」

答える早見に気負いはない。

殺しの的を乗せて向かった先は、深川の埋め立て地。

花井たちがおびき出されて殺害された、惨劇の場であった。

海に面した埋め立て地は、絶えず風が吹き寄せる。

「ふん、妙なところに連れて来おって……木っ葉役人は果たし合いの作法も何も知らぬらしいの」

潮風に着流しの裾を舞わせながら、乾は低くつぶやいた。

毒づきながらも油断なく、早見の動きから目を離さずにいた。

「お前さんの最期にふさわしいと思ってな」

蘆《あし》の茂みで向き合って立ち、早見は淡々と乾を見返す。

「南の仲間を酷《ひど》い目に遭《あ》わせやがった報い、受けてもらうぜ」

「ほざけ」

一言吠えると、乾は両手を体側に下ろす。

抜刀の体勢に入ったのだ。

両肩の力はきれいに抜け、臍下《せいか》の丹田《たんでん》に気が集まっている。

腰の刀に手を掛け、遅滞なく抜き打つことのできる体勢であった。

対する早見は抜き身を中段に取っている。

もとより修行を重ねた身なれば、構えた姿は堂々たるもの。自分の膝より高く生い茂った蘆の中に立ち、鋭く乾を見返している。

その切っ先が、すっと上がる。

柄を握った両手が来たのは左腰。

横一文字に振り抜いて、敵の腰腹部《ようふくぶ》を両断する手だ。

「甘いわ、未熟者め」

吠えると同時に乾が動く。

存分に鞘を引いての抜き打ちが、唸りを上げて空を斬る。

斬り裂いたのは、本当に空気だけだった。

早見は乾が刀を抜き打つ寸前に腰を落とし、刃から逃れていたのだ。

それだけではない。

腰を落としながら存分に腕を伸ばし、左から右へ横一文字に振り抜いた早見の初太刀は、乾が抜き打つ際に踏み出した右足の膝頭を断ち割る——はずだった。

「甘いわ、木っ端役人が！」

乾は余裕で刀をさばき、早見の斬撃を止めていた。

こちらの打つ手を読まれていたのだ。

と言うより、わざと隙を見せたのである。

「馬鹿め、俺の腕前はこんなものではない！」

嘲《あざけ》りを浴びせられた次の瞬間、早見の襟が爆《は》ぜた。

「くっ」

思い切り跳び退《すさ》っていなければ、横一文字に切り裂かれていたことだろう。

居合とは、鞘から抜き打つ初太刀こそが生命とされている。

それほどまでに集中して行うわけだが、どうやら乾の本領は、抜刀の速さだけではなかったらしい。

その証拠に、乾の斬り付けは迅速そのもの。

初太刀をかわして立ち合いに持ち込めば勝てるのでは、という早見の見込みは完全に覆されていた。

「どうした、えっ？」

乾は嵩《かさ》にかかって攻め立てる。

追われるうちに、足元の地面が湿りを帯びてきた。

深川の埋め立て地は、今も拡張され続けている。

吉宗公の在りし日に完成した六万坪の海岸線は少しずつ伸び、江戸市中の各所から集められた塵芥《じんかい》に泥を加えた土台が、日々積み重ねられている。

二人の対決の場は、その泥土の真上に移っていた。

一歩踏み出すごとに埋まる足を、引き抜きながらの戦いであった。

それでも乾の勢いは止まらない。

「ははははは、逃げろ、逃げろ！」

嗜虐《しぎゃく》の笑みを浮かべて突き進むのを迎え撃つべく、早見は動きを止めた。

取ったのは先程と同じ、横一文字に刀を振り抜く構え。

同じ手が、しかも完璧に防がれた一手が、再び通じるはずもないだろう。

しかも、早見の足元のぬかるみは一際深い。

わずかでも体勢を崩せば埋まってしまい、身動きが取れなくなったところを一突きされてお終いだ。

一体どうするつもりなのか。

「ふん、そろそろ楽になりたいらしいな……」

無謀とも思える体勢を取った早見を、乾はにやりと見返した。

こちらもさすがに息が荒い。

逃げる相手を嬉々として追いかけ回すことにも飽き、そろそろ決着をつけたくなってきたのだろう。

「ふっ……冥土の土産に、うぬの得意な一手で唐竹割りにしてやろう……」

「…………」

「ははは、往生せい！」

答えぬ早見に嘲笑を浴びせるや、ぶわっと乾は斬りかかる。

早見が渾身の力で横に跳んだのは、間合いが詰まった瞬間のことだった。

「うぬっ」

乾は焦りの声を上げた。

足場のいい平地ならばともかく、ぬかるみの中では急に止まれない。

それは刀も同様で、空振りしたまま泥に埋まっていた。

懸命に力んでも、柄まで浸かってしまって微動だにしない。

「おらっ！」

怒りの声を上げて間合いを詰めざま、早見は乾を蹴り付ける。

鋭い突きがみぞおちに決まったのは、次の瞬間のことであった。

「お……おのれ……」

「甘いのはお前だよ」

わななく乾に淡々と告げながら、早見は血濡れた刀を引き抜く。

「がはっ」

乾は堪らず血反吐《へど》を吐いた。

辺りの蘆がたちまち朱に染まる。

「うぬっ」

血と泥にまみれて激痛に耐えながら、負けじと乾は脇差を抜く。

しかし動きに素早さはなく、柄の握りも甘かった。

キーン。

抜き打った脇差は早見に弾かれ、足元のぬかるみにぽとっと落ちる。

「おのれ……こ、木っ端役人……」

拾い上げる余裕は、もはやなかった。

「ここが地獄の一丁目だ、とっとと奈落に落ちやがれ！」

よろめく乾の胴を、怒りの二の太刀が両断する。

断ち斬られた上体が、どさりと足元に転がり落ちた。

漂う血の臭いが濃さを増す中、早見は無言で刀を納めていく。

こちらも全身が泥にまみれ、息も絶え絶えになっている。

それでも鞘を引いて納刀し、鯉口を締めるまで、亡骸から視線を離さない。

残心と呼ばれる一連の対敵動作の締めくくりには、斬った相手を悼《いた》む気持ちも込められるのが常である。

外道《げどう》でも死ねば仏。

その気持ちを忘れてはなるまいと思う早見だった。

五

その頃、我黄も乾に続いて摂津屋を抜け出したところだった。

「へっへー、やっとサッパリできるぜぇ」

糠袋《ぬかぶくろ》を入れた手桶を小脇に抱え、手ぬぐいをぶら提げて、意気揚々と向かった先は行きつけの湯屋《ゆや》だった。

いかつい外見に似合わず、我黄は大の綺麗好きだ。

一日の終わりにはたっぷりの湯に浸かり、汗を流さなくては気持ちが悪い。

そんな習慣を勘蔵は大目に見てやり、自分が寝る前に戻ってくれば構わないと許しを与えていた。

本音を言えば、大事な内風呂を使われたくないのである。

勘蔵は日本橋に店を構えて以来、勝手気ままな独り身暮らし。

乾物のしがない行商人だった頃に一緒になり、さんざん苦労をさせた古女房は成り上がってすぐに難癖を付けて追い出した。もとより子どももいないため、誰憚《はばか》ることなく女を家に連れ込んでは、とっかえひっかえ楽しんでいる。

「ったく、仕様のねぇ旦那だぜ……」

歳を取っても盛んな男にとって、風呂場は痴態を演じる上で欠かせぬ舞台。

摂津屋の内風呂は、床も湯船もすべて檜《ひのき》の一枚板で、明かり取りの窓には長崎渡りの瑠璃《るり》、すなわちギヤマンの板が嵌め込まれている。

色とりどりの瑠璃が朝夕の光にきらめく様はまことに美しいが、座坊と我黄は湯船どころか床板さえ踏ませてもらえない。反動に能く耐えるため剣術道場にも使われる板とはいえ、江戸相撲の力士たちの中でも巨漢だった二人の重みがのしかかれば、抜けてしまいかねないからであった。

「ちっ、あの風呂さえ使わせてもらえりゃ申し分のねぇ奉公先なんだがなぁ」

ぼやきながらも、我黄の足は弾んでいた。

行きつけの湯屋は、常に掃除が行き届いていて気持ちがいい。我黄があるじを脅してやらせているのだが、洗い場の床はきれいに磨き上げられ、他の客が体を洗った糠袋がそのまま使い捨てられていることもない。

三助《さんすけ》はいつも二人がかりで体を洗ってくれるし、本来であれば手桶に一杯ずつしか汲んでもらえない上がり湯も、我黄だけは使い放題。面倒なのは、邪魔な客を叩き出す手間ぐらいのものだった。

泣く子も黙る摂津屋勘蔵の用心棒といえども、すべての者が大人しく従うわけではない。湯屋でも横暴を許そうとせず、喧嘩を売って来る命知らずに出くわすことが時々あり、そのたびに思い知らせてやらねばならない。

「あーあ、たまには貸切にしてもらいてぇもんだがなぁ」

胸の内でぼやきながら、我黄は湯屋の暖簾《のれん》を潜った。

「ん?」

番台には誰も居ない。

新平が手を回して、夕方から貸切にしておいたのだ。

我黄の風呂好きに目を付けて、小関が提案した策を実現させたのだ。

八州屋の財力を以てすれば、このぐらいは容易い話。

と言っても、すべては我黄のさまざまな性質を踏まえたものだった。

今すぐにでも跳びかかりたい衝動を抑え、小関は相手の日常を調べ上げた。

変装して終日尾行し、行きつけの湯屋で他の客たちに迷惑をかけまくっておきながら、まだ飽き足らずに貸切にしたいものだとほざくのを耳にしたとき、この策を思いついたのである。

用心深い我黄も湯に浸かっていれば気を抜くし、流し場は足が滑りやすいので喧嘩した相手を叩き出すときにも、足腰が今一つ決まっていなかった。

そこで湯屋に誘い込めば勝てると、小関は判じたのだ。

誘導する上で唯一案じられたのは、留桶《とめおけ》の存在だった。

江戸っ子は自前の桶に焼印で名前を入れ、湯屋に預けておくことを一種の自慢としている。もしも我黄が留桶にしていれば、誰もいない湯屋に不審を抱かせることなく誘い込むのは難しかったかもしれない。

しかし、大きな体に似合わず神経の細かい我黄は他人に持ち物を触られるのを嫌がり、持ち帰るのが常であった。そこまで調べを付けた上で小関は新平に協力を頼み、決行に踏み切ったのだ。

我黄は何ら疑うことなく、嬉々として雪駄を脱いで上がり込む。もっけの幸いとばかりに湯銭も置かず、素通りして脱衣場に行く。気もそぞろになっており、新平が番台の下に身を潜めているとは気付きもしない。

誰もいない湯屋は実に広々していた。

番台から脱衣場、流し場まではすべて見渡せるようになっており、奥の湯船がある場所だけが、板壁で仕切られている。

「へっ、珍しいこともあるもんだぜ……」

たちまち褌《ふんどし》一丁になり、流し場に急ぐ。

相変わらず、警戒している様子は微塵《みじん》も無い。

広々した洗い場と湯船を独占できると知った喜びの余り、怪しむ気など頭から飛んでしまっているのだ。

まずは流し場の奥に行き、女湯との境に空いた穴の前に立つ。

何も覗きをしようというわけではない。

湯屋では男湯と女湯の境目に広い隙間が設けられ、岡湯《おかゆ》と呼ばれる上がり湯が用意されている。番をする者が側で必ず待機しており、男湯と女湯それぞれの穴から突き出される手桶に一杯ずつ、汲んでやる仕組みになっていた。勝手に使われるとすぐになくなってしまうからだ。

我黄の桶に、岡湯がたっぷり注がれた。

「ずいぶん盛りがいいじゃねぇか、感心、感心」

「恐れ入りやす」

湯汲番の声色を巧みに使い、答えたのは与七。

大きな体にざんぶとかけては突き出す桶を、文句も言わず満たしてやる。

「さーて、そろそろ浸かるとしようかい」

四杯目の湯を浴びると、我黄は腰を上げた。

流し場と湯船のある場所が板壁で仕切られているのは、せっかく沸かした湯がぬるくなるのを防ぐため。

その壁の下にある、客が出入りをするための隙間が柘榴口《ざくろぐち》だ。

できるだけ湯気が逃げぬような低い造りで、腰を屈めなくては入れない。

六尺豊かで筋骨たくましく、腹も突き出ている我黄にとっては尚のこと出入りはキツい。そこが板壁の向こうに身を潜めた、小関の狙い目だった。

「うわっ」

前屈みになった瞬間に顎を思い切り蹴り上げられ、ぶわっと巨体が吹っ飛ぶ。

「だ、誰だ、てめぇ！」

怒号を上げて立ったときには、小関は柘榴口から流し場へ走り出ていた。

「旦那！」

与七の一声と共に、湯汲口から手桶が滑り出てくる。

満たしてあるのは岡湯ではなく、とろんとした透明の液体。

サッと摑んだ小関は、我黄の足元に中身を思い切りぶちまけた。

再び巨体は盛大に、すってんころーんと引っくり返る。

「どうだい、ふのりの味は」

「て、てめぇ！」

「へっ、つるつる滑ってどうにもならねぇだろ？」

のたうち回る我黄にサッと組み付き、小関は右腕をへし折った。

こちらは裸になっておらず羽織だけ脱ぎ、いつもの柔術遣い風の生成りの上衣と黒の下穿き姿。よくよく見れば、滑らぬように革の手袋まで着けている。

さらに革底の足袋まで履いており、転ぶこともなかった。

しかし、敵もやられるばかりになってはいない。

組み付く小関を引っくり返し、摑みかかってくる。

立ち上がれぬなら転がったまま戦えばいいと、頭を切り替えたのだ。

「くっ」

「む！」

息詰まる組み合いが四半刻（約三〇分）ほど続いた。

さすがに小関の動きが鈍った刹那、我黄の太い指が上衣の襟を摑む。

「うっ⁉」

次の瞬間、ぐわっと小関の体が抱え込まれた。

洗い板に仰向けになったまま、我黄が胴を締め上げてきたのだ。

右が使い物にならなくても、まだ左の腕は活きている。片腕だけでも、締められた小関の目が飛び出そうになるほどの怪力だった。

「ぐ……」

呻《うめ》きながら、小関はじりじりと帯前の脇差に手を伸ばす。

帯びているのは、並より短い小脇差。

鞘を引かずとも片手で抜ける長さだが、肉厚の刃は鋭い。

合戦場で組み討ちになった場合に備え、武者が携帯した鎧通しは、乱世の格闘術である小具足《こぐそく》の遣い手にとっては手馴れた得物《えもの》。

小関は最後の恃《たの》みとして、この決戦の場に持ち込んでいたのだ。

「がっ」

今度は我黄が目を剝いた。

脇差を抜いた小関が、後ろ手に脾腹《ひばら》を突いたのだ。

たちまち緩んだ腕から逃れ出るや、小関は我黄に馬乗りになる。

組み討ちの末に鎧通しでとどめを刺すのは、小具足の本領。

一気に喉を裂かれた我黄は、巨体をわななかせて息絶えた。

「大丈夫ですかい、旦那ぁ」

「こっちはいいから、早く行きな」

湯汲口越しに気遣う与七に答え、小関はよろめきながら立ち上がる。

新平と与七には、まだ別の仕事が残っているのだ。

この場の始末は後から二人にやってもらうとして、今は速やかに退散すべきであった。

全身がふのりでべたついている上に返り血を浴び、酷《ひど》い有り様になっていたが目の輝きは力強い。

（花井、川野、戸崎……意趣返しは果たしたぜ……）

小関は胸の内でつぶやいた。

（もしかしたら、あいつらが力を貸してくれたのかもしれねぇ……）

何はともあれ、生き残れたのは喜ばしい。

与七が幾桶も出しておいてくれた岡湯を浴びて、小関は汚れた体を洗う。

と、おもむろに腹が鳴る。

（へっ、こいつぁ敏江さんのおかげでもあるんだよな……礼を言っても、何の役に立ったのかまでは明かすわけにいかねぇけどなぁ）

へこんだ腹をさすりながら、小関は苦笑した。

長丁場を戦い抜いた体力の源は、あのふたつの握り飯。

新妻の頃から変わらぬ内助の功に、改めて謝する小関であった。

六

日本橋の摂津屋には、厠《かわや》が二つある。

一つは奉公人が使うものだが常よりも少々広く、天井も高い。

力士あがりの用心棒たちのための配慮だったが、それでも六尺豊かな上に巨漢の二人にとっては手狭であった。

「うー、さすがに食いすぎたな……」

ぼやきながら座坊は厠でしゃがんでいた。

一日じゅう駕籠を担いで回ると、腹が減る。

今日も夜だというのに飯を炊かせ、菜が足りなくなれば大盛りのどんぶり飯に味噌をなすり付けて、相棒の我黄に負けじともりもり食った。

腹に入ったぶんだけ押し出されるのか、食後の厠はどうしても長くなる。

とりわけ座坊は腹のこなれがよく、日に三度は糞をするのが常であった。

「うー、あー」

気張っていると、頭の上から何者かが降りてくる。

屋根から忍び込み、梁を伝ってきたのは神谷十郎。

与七には及ばぬまでも神谷は身軽な男である。

その与七からあらかじめ話をじっくり聞き出し、天井裏に仕掛けられた罠をことごとく潜り抜けてきたのだ。

機敏な上に沈着冷静な神谷ならば、難しくとも不可能なことではなかった。

跳び下りざまに、神谷は座坊の背後を取っていた。
「てめぇ！」
向き直ろうとしたものの、狭い厠でとっさには動けない。
前にも後ろにも退くことを許されぬ、文字どおりの雪隠詰《せっちん》めだった。
広い場所なら即座に向き直り、細身の神谷は一撃で吹っ飛ばされたはず。
しかし、今はどうにもならない。
神谷は座坊の両腕を後ろに捩《ねじ》り上げ、背中に膝を押し当てていた。
「は、離しやがれぃ」
座坊は懸命になって抗《あらが》う。
完全に動きを封じられた覚えなど、子どもの頃から一度も有りはしない。
生まれて初めての恐怖に、図らずも体が震えていた。
わななく様に構うことなく、神谷は棒手裏剣を振り上げる。
次の瞬間、重たい刃《やいば》が首筋に打ち込まれた。
「逝《ゆ》け……」
耳元で告げながら、神谷は手裏剣を握った手に力を加える。
座坊の全身から力が抜けた。

そのまま、ずるずると崩れ落ちる。

ぎしっと床板が軋《きし》みを上げた。

すかさず神谷は板戸を開けた。

動かぬ座坊を踏み台にして、表に跳び出す。

重みに耐えかねて厠の床が抜けたのは、ほんの一瞬後のことだった。

「誰か汲み取りに落ちたぞ！」

「きっと座坊さんだよ、早く早く！」

慌てた奉公人たちが右往左往し始めたとき、すでに神谷の姿はなかった。


神谷が座坊を仕留めた厠は、奥の座敷へ続く渡り廊下の角にある。

彩香を布団に引きずり込んだ勘蔵は騒ぎを気にも留めず、肌襦袢《はだじゅばん》一枚だけをまとった湯上がりの女体をまさぐっている。

「へっへっへっ。お前さん、小男と思って甘く見ていただろう？」

「はい……どうぞご存分に、もっと触ってくださいまし」

わななく彩香の声は艶っぽい。

芝居と気付くことなく、勘蔵は夢中になっていた。

自分は女泣かせと認めているのは、どうやら当人だけらしい。

滑稽な様とも気付かず、勘蔵は彩香の耳元でささやいた。

「お前さん、ほんとに北町のお奉行の女《いろ》なのかい」

「まぁ……どなたがそんなことを……」

「うちの用心棒の先生が疑っているんだよ」

「ほほほ、とんだお眼鏡違いですこと」

「えっ、どういうことだい」

勘蔵が慌てて身を起こす。

返された答えよりも、口調が一変したのに驚愕《きょうがく》していた。

彩香が示した嬌態《きょうたい》は、すべて芝居だったのだ――。

驚く相手を冷たく見返し、彩香は言った。

「私はお奉行の女なんかじゃありません……あの人が、私の男《いろ》なのです」

「ふ、ふざけるなっ」

勘蔵は怒りに任せて摑みかかった。

と、そのまま前に倒れ込む。

「な……な……」

「ほほほ、立てないでしょう」

彩香は為すがままになっていると装いながら抜かりなく、しびれを誘う経絡を指先で突いておいたのだ。

足腰ばかりか褌《ふんどし》の中の一物《いちもつ》までも、すっかり萎《な》えてしまっている。

「そちらも御役御免にしておきましたよ。思い込みにせよ、二度とおなごを泣かせることは叶いませぬので悪しからず」

「よ、よくもそんな真似を……お前、それでも女のつもり……」

「静かになさい」

じたばたするのを蹴転がし、彩香は胸板を踏み付けた。

もはや身動きもできはしない。

気が遠くなりゆく中、勘蔵は冷たく語りかける声を耳にした。

「おなごだから許せぬのです。お前のような外道を」

「ぐ……」

白目を剥いて失神したのを見届ける、美しい顔に表情はない。

後は新平と与七の仕事が済むのを待ち、連れ出してもらうのみだった。

隣の部屋では、番頭と手代があるじの持ちものを物色していた。

手癖の悪い番頭を手伝いながらも、手代は本来の役目を忘れていない。

「番頭さん、何か言い争っていなさるみたいですけど」

「いいじゃないか、痴話《ちわ》喧嘩なんか放っておきな」

せわしく答える番頭が探していたのは土蔵の鍵。隠匿された品々の一部を持ち出してこっそり売りさばき、小遣い稼ぎをするつもりだった。

「これだ……あったぞ！」

手文庫から取り出した刹那、満面の笑みが強張る。

畳に降り立ちざまにひと突き見舞う、与七の短刀さばきは素早い。

最初に忍び込んだときの苦労を無駄にせず、作り上げた見取り図を活かして潜入したのだ。

あるじに劣らず用心深い番頭も、まさか天井裏から襲いかかられるとは思ってもいなかった。

「ぐうっ……」

わななく番頭の下っ腹から、与七は無言で短刀を引き抜いた。

「野郎、何しやがるっ」

気付いた手代が摑みかかってきたのをかわしざま、速攻の足払いを見舞う。

「うわ⁉」

「黙りな」

告げると同時に刃が走り、脇腹をずんと貫く。

大人しくなったのを確かめると、与七は天井に向かって呼びかける。

「もういいですぜ、若旦那」

「わ、分かった」

危なっかしく、新平が縄を伝って降りてくる。与七が露払《つゆはら》いとなり、天井裏に張り巡らされた忍び返しと鳴子《なるこ》をことごとく外してくれたおかげで、何とか後に続いて来られたのだ。

「すまないね、どうにも血が苦手で……悪い奴らでも、こういうのは余り見たくないもんだねぇ」

「どうってことはありやせんよ、若旦那。こんな外道どもなんざ、雑魚《ざこ》をさばくようなもんですから」

「そういやお目当てじゃない魚を釣ったときに、外道って言うね」

「それでも手間暇かけりゃ美味《うま》いんだからマシですよ。こいつらは煮ても焼いても食えやしねぇ……」

「まぁいいさ、こっちの邪魔さえしなけりゃね」

気を取り直し、新平は仕事に取りかかる。

「おっ、手間が省けてよかった、よかった」

蓋が開いたままの手文庫からつまみ上げたのは、勘蔵の印判だった。

「へへっ」

傍らの文机《ふづくえ》に書き付けを拡げると、力を込めて捺印する。

「細工は流々《りゆうりゆう》、お釈迦《しやか》さまでも気が付くめぇ……ってね」

新平が持参した書状の筆跡は、勘蔵のものと瓜二つ。

その道の玄人《くろうと》に金を積み、書かせた内容は簡潔だった。

前非を悔いて家を出るので、土蔵の葛根湯はすべて無料で、はしかの患者たちに配り与えてもらいたい――。

宛先は新平の父親である、八州屋勢蔵になっている。

商人同士で交わした約定ならば公儀といえども干渉できず、土蔵から運び出すのにも関与はできないため、役得で中抜きをするのも叶わない。

これは早見の提案を受け、新平が段取りを付けたことであった。

七

その頃、寺井の屋敷に乗り込んだ依田は淡々と納刀していた。

すでに一戦交えた後だったが、鞘に納められていく刀身には、血脂の跡など見当たらない。

油断して見張りが疎《おろそ》かになっていた家士たちに浴びせたのは、すべて峰打ち。

本命の標的である寺井のことも、この場で斬って捨てるつもりはなかった。

一刀の下に引導を渡したのでは、悪事の報いとして甘すぎる。

小関のいつもの決め台詞《ぜりふ》ではないが、

「ずんと骨身にこたえる」

目に遭ってもらわねばなるまい。

気を失った家士たちが転がる中庭を後にして、依田は奥の部屋へと向かう。

「何奴《なにやつ》！」

異変に気付いた寺井は寝床を抜け出し、床の間の刀架に走る。

部屋に走り入った依田が抜き打ちを見舞うのと、鞘を捨てた寺井が受け流しに刀を振りかぶったのは、まったくの同時だった。

キーン。
金属音の響き渡る中、二人は同時に跳び退《すさ》る。
刹那、寺井は息を吸い込んだ。
「喝《か》――――っ!!」
放たれた気合いに耐えきれず、背後の障子が破れまくる。
しかし、依田は倒れない。
踏みとどまった位置から下がることなく、じりじりと間合いを詰めてくる。
「ば、馬鹿な」
寺井は唖然とせずにいられない。
今のは満を持した一喝であった。
まともに食らえば倒れぬまでも、耳が聞こえなくなるはずだ。
なぜ、常のままでいられるのだろうか――。
答えを見出せぬまま間合いを詰められ、ずんと胴を一撃される。
寺井は完全に虚を突かれていた。
「ぐ……」
峰打ちされたと気付かず失神したのを見届け、依田は刀を納めた。

空いた両手で耳栓を外し、拡げた手ぬぐいの上にそっと置く。

耳の聞こえはよく、鼓膜《こまく》も破れていなかった。

依田はじっと耳を澄ませ、誰も駆け付けてこないのを確認する。

後は気を失っている悪党をかどわかすのみである。

屋敷の裏手では、新平が差し向けてくれた駕籠が待っている。

連れ出した寺井を勘蔵ともども押し込めておく場所は、これも新平が手配しておいた仕舞屋《しもたや》。依田がいつ決行を命じてもすぐに動けるように、準備万端整えていてくれたのだ。

「さすがは八州屋の若旦那、万事抜かりがないものよ」

微笑む依田が手にした耳栓は、南洋の樹液の固まりを削って拵《こしら》えたもの。

これならお役に立つのでは、と新平が持ってきてくれたのを、依田が耳の穴の大きさに合わせて、自ら作ったものだった。

手ぬぐいにくるんだ耳栓を懐に仕舞い、依田は寺井を抱え上げる。

町境の木戸が閉じられるまでには、まだ間がある。

たとえ刻限を過ぎてしまっても北町奉行として通行すれば、駕籠を連れていても怪しまれることなど有りはしない。

いずれにしても、長居は無用。

去り行く姿を目にした者は誰もいなかった。


「これで仕上げぞ。派手に開帳いたすがいい」

残る支度が万端整い、依田がそう命じたのは三日後のことだった。

すでに梅雨を迎えていたが、今日は幸い五月晴れ。

昨日の雨の名残でどこの道もぬかるんではいたものの、その一行は足元が悪いのにめげることなく、張り切って日本橋通りに繰り出した。

「送れ送れー!」

「わっしょい!　わっしょい!!」

担いでいたのは神輿《みこし》だった。

とはいえ、祭礼用のものとは違う。

載せているのは同じ神でも、疫病をもたらす悪い神。

疱瘡《ほうそう》が流行った年にしばしば見られる神送りは、はしかについても行われる。

こたびのはしか神送りは匿名のお大尽が費えを負担し、八州屋の新平が世話役を買って出たという形で、かつてなく派手に催されたものだった。

「さぁさぁさぁ、皆さん後に続いてくださいよ！」

通りに立って呼びかける、新平の手際は慣れたもの。もとより大の祭り好きなのだ。

すでに月番は北町奉行所に移っており、あらかじめ許しが出ているので役人に邪魔立てされる恐れはない。新平はあくまで世話役に過ぎず、神送りの話を八州屋に持ち込んだのは別のお大尽ということにしてあるので、万が一の場合も累が及ぶ恐れはなかった。

どんどん。

カーン、カーン。

ちゃかぽこ、ちゃかぽこ。

神輿の後には子どもと大人が入り混じり、練り歩きながら太鼓や鉦《かね》、木魚などを賑やかに打ち鳴らしている。すべて八州屋で用意して配ったものだった。

これほどまでに盛り上がる様子を目にすれば、道行く人々も足を止めずにはいられない。

「どうだい、ちょいとついてってみねぇか？」

「八州屋じゃ振る舞い酒もあるそうだよ」

「そいつぁいいや、早く行こうぜ！」

一行の数は増えるばかり。

「ん――……？」

ほろ酔い気分になった一人の男が、怪訝《けげん》そうに目を凝らした。

「何だい、ずいぶん不細工な神さんじゃねぇか」

「馬鹿野郎、罰当たりなこと言うない！」

酔っ払いになりすまして一行に混じった早見が、ぽかっと頭をひっぱたく。

たしかに、言われてみればそのとおりだった。

二基の神輿に載せられていたのは、人と同じ大きさの神の像。

と言っても張りぼてで、わざとひどい顔に造られている。

中に寺井と勘蔵が入っているとは、誰も気付かずにいた。

祭礼の如く飛び入りでいきなり担げば、妙に重たいことに不審を抱く者も出たかもしれない。

しかし一行を先導する新平は屈強な担ぎ手を十六人も手配しており、ひとつの神輿につき八人が同行して、四人ずつ交代しながら運ばせていた。

こうしておけば熱気に浮かれて飛び入る者たち、とりわけぶら下がるに等しい女子《おんなこ》どもは何も気付きはしない。

担ぎ手には神谷と小関も加わっていた。

「送れ、送れ、はしか神送れ〜」

力強い掛け声の飛び交う中、囚われの二人は身動きひとつできずにいる。

がんじがらめに縛られて猿ぐつわまで噛まされた上、囚われてから水しか与えられていない。おまけに小関の柔術で関節を外され、彩香が加減して与えた毒薬で体も弱ってしまっていては、抵抗するどころか助けを乞うのも無理だった。

『おのれ無礼者、早うここから降ろさぬか！』

『助けて、助けてくれー！』

目も口も塞がれたまま、寺井と勘蔵はあがくばかり。

自分では声を発しているつもりでも、誰の耳にも届いていない。

『分かった！　もう出世など望みはせぬ！　目付のままで十分じゃ！』

『金なら欲しいだけ出す！　はしかに効くもんも効かないもんも、蔵ごとぜんぶ持っていけー！』

断腸の思いで叫んでも、神輿はまったく停まらない。

はしかも疱瘡も、神輿に乗せられる神は病の源。

町中をあちこち練り歩いた末にご神体を川に流し、病魔の退散を願うのが神送りなのだ。とんだ市中引き廻しである。

まさかこんな目に遭わされるとは、二人とも思ってもいなかった。

金も権力も役には立たず、許しを乞う声さえ誰の耳にも届かない。

まさに無間地獄の苦しみだった。

「送れ、送れ、はしか神送れ～」

元気一杯の掛け声が飛び交う中を、神輿は前へ前へと進み行く。

大川は確実に、目の前に近付きつつある。

二人にとっては、次なる地獄の幕開けであった。

賑やかに進んだ一行は日本橋から人形町、浜町と来て新大橋までやって来た。

渡り切ってすぐ右手に折れ、向かった先は万年橋。

小名木川と大川が交わるところまで来たところで、一行は足を止めた。

「そろそろよろしいですかい、若旦那」

「そうだね、頼むよ」

「へいっ！」

担ぎ手の面々は声を揃え、神輿から下ろした二人をぶん投げる。

傍目《はため》には、張りぼてを放り投げたとしか映らなかった。

ふわりと宙に浮いた次の瞬間、盛大な水飛沫《みずしぶき》が上がる。

ぶくぶく沈み行くのを目の当たりにして、見物人の男たちが小首を傾《かし》げた。

「おかしいなぁ、ちっとも流れていかないぜ」

「稀有《けぶ》（奇妙）だなぁ、張りぼてだったら浮くはずなのに」

そこに与七が割り込んでいく。八州屋の印半纏《しるしばんてん》を着け、あくまで新平に付き添う手代らしく振る舞っていた。

「まぁまぁ、ひとつ験《げん》直しに飲んでおくんなさいまし」

「おっ、こいつぁ灘の下りじゃねぇか！」

「へっへっへっ、すまねぇなぁ」

振る舞い酒のお代わりに、男たちはたちまち酔い痴《し》れる。

見向きもされなくなった二体の張りぼては、ぶくぶくと沈んでいく。

その光景を、彩香は万年橋の上から見つめていた。

彼女だけではない。

早見を始め、小関に神谷、新平と与七もそれぞれの場所から、悪党どもが沈み行く様に黙って視線を向けていた。

今日の彩香はきらびやかな着物姿。

往診される先では、さぞ喜ばれることだろう。

常にない装いをしていても、はしか神送りを見物しがてら参りましたと言えば怪しまれはしない。

実を明かせば、これは彩香なりの死者への弔い。

どのみち見えはしないと分かっていても、悪党どもへのはなむけとして美しく装っていたのだ。

真に弔わねばならない家族の仇は、まだ見つからぬままである。

そのことは依田の器量に任せ、今は影の御用に精を出したい彩香であった。

もちろん、医者としての務めも疎かにはしたくない。

「さぁ、そろそろ参りましょうかね」

ひとりごち、彩香は足取りも軽く歩き出す。

万年橋の上には誰もいなくなった。

陽光にきらめく川面には、沈んだ名残の泡が立つばかり。

川の合流域は深い上に流れも速く、二度と浮かび上がれはしない。

残酷なれど、これも重ねた悪事の報い。

流行り病に乗じて荒稼ぎを企んだ、外道どもにふさわしい末路であった。

八

かくして悪党退治の幕は下り、一件は落着した。

勘蔵が出奔扱いとなったのが幸いし、摂津屋そのものは公儀から咎《とが》めを受けずに済んだ。悪事に加担していた番頭と手代たちも一掃され、店の立て直しは親族に委ねられたという。

同じく行き方知れずの寺井玄蕃は勘蔵と共に江戸を出たものと見なされ、断絶の憂き目を見ることなく家名は存続されるに至った。勘蔵に買収されていた恥ずべき事実を隠したい老中が、万事穏便に取り計らったのである。

「気は済んだかい、おやじどの」

「これで良しとしておくさね。あいつらの家も安堵《あんど》してもらえたからな……」

城中での決定をいち早く知らせてくれた早見に、小関は笑顔で答える。

残る戦いは依田政次と山田利延、南北の町奉行の対決のみだった。

「肥後守どの、大事ござらぬか」

「和泉守どの……」

「お楽になされよ。そのまま、そのまま」

慌てて起き上がろうとしたのを押しとどめ、依田は枕元に座った。

寺井に打ちかかって以来、山田は登城を差し止められていた。

といっても咎めを受けたわけではない。

はしかにかかったと偽らせ、依田が病欠の届けを出させておいたのである。

江戸城では疱瘡とはしかにかかった者に対し、出仕を七十五日差し止めるのが決まりとなっている。

家重公の愛息が療養中とあっては尚のこと、責任の重い南町奉行とはいえ病にかかった身で登城させるわけにはいくまい。

そのぶん自分が御用繁多《はんた》になると承知の上で、依田は機転を利かせたのだ。

どうして助ける気になったのかは、彼自身も分からない。

ただ、山田が私欲で動いたわけではないのは理解できていた。

将軍家のためを想って奉公する気持ちは、共に同じ。そう思えば斬ってしまうのはもとより、奉行職も失わせるには忍びなかった。

そして今、二人は改めて向き合っている。

「覚悟はできておる。和泉守どの、どうか存分になされよ」

布団の上に膝を揃えて座ると、山田は目を閉じた。

しかし、依田は何もしない。

刀を脇に置いたまま、わななく山田の側まで膝を進める。成敗するどころか手ひとつ挙げようとしなかった。

「いけませぬぞ、肥後守どの」

「さ、されど」

「貴殿は病の身ということになっておるのでござるぞ。お忘れなきように……」

戸惑う山田の肩を支え、布団に横たわらせようとする。

しかし、情けを掛けてばかりはいられない。

「肥後守どの、ひとつだけ教えてもらえぬか」

「和泉守どの……？」

「手間は取らせぬ。ほんの些事《さじ》にござるよ」

山田の肩を支えたまま、依田は告げる。

「教えていただきたいのは一年前、貴殿が下した裁きのことぞ」

「な、何でござろう」

横たわらせてもらえずに、体が宙に浮いたままでいる山田は落ち着かない。しかも枕はいつの間にか引っくり返され、堅い木の台座が上を向いていた。

「む……」

横目で見て枕の向きに気付いたとたん、山田は戦慄した。

依田が手を離せば支えを失い、思い切り頭を打ち付けてしまう。

そんな真似などしないだろうと思いながらも、緊張を隠せずにいた。

依田はさりげなく続けて問う。

「浜町河岸に診療所を構え居る、彩香という女医をご存じかな」

「……」

山田の顔が、更に強張《こわば》る。

こちらが答えぬと見て取るや、依田が片手を離したのだ。

「ひっ⁉」

「おっと、失礼つかまつった」

寸前で手を差し伸べ、山田を支え直す依田は涼しい顔。

このまま沈黙を貫けば、枕の底に思い切り頭を叩き付けられる。

無言の脅しに、山田は屈した。

「……承知いたした」

観念した山田は溜め息を吐《つ》く。

「相すまぬな。楽になされよ」

そっと横にさせて依田は扇子を拡げ、汗にまみれた顔を煽《あお》いでやる。

山田の言葉にじっと耳を傾けながらも、手を休めはしなかった。

煽ぐ手が止まったのは、話の核心を明かされた刹那のこと。

「な、何と……」

カチーン。

依田の手から扇子が落ちる。

告げられたのは彩香に明かすことをためらわれるほどに悲惨な、そして将軍家にとっては伏せておきたい、何とも恥ずべき重臣の不始末であった。

同じ年の十一月二十七日、山田利延は病で果てている。

北町奉行の影の加役——将軍の命により兼任する役目について誰に問われても一言たりとも明かすことなく、穏やかに最期を迎えたという。

暗殺奉行こと依田政次と配下たちの秘密は、かくして護《まも》られたのだった。

「あー、たまには一杯やりてぇもんだなぁ」

「下戸なのを忘れたのか、おやじどの」

「そうだぜ。また敏江さんの汁粉で手を打とうや」

神谷と早見は小関を挟み、笑顔で両国橋を渡っていた。

広小路の茶店では、おふゆが元気に接客中。

「あっ、来た来た！」

三人のことも目敏《めざと》く見つけ、お盆を抱えて駆け寄ってくる。

はしかに苦しめられた看板娘もすっかり良くなり、店に出ても差し支えないと彩香に診立ててもらったのは昨日のこと。

下々は働かなくては食っていけず、御城で働く上つ方の如く二月《ふたつき》半ものんびり療養してはいられない。

そんなおふゆを励ますべく、三人は奉行所帰りに立ち寄ったのだ。

「すっかりいいみたいだな、おふゆ坊」

「久しぶりだが可愛い顔は変わってねぇなぁ。良かった、良かった」

「へへっ、ありがと」

小関と早見に笑みを返すと、おふゆは言った。

「ところでみんな、お茶代のつけはいつ払ってくれるんだ？」

くるくる回る、黒目がちの澄んだ瞳に邪気はない。

「今日はそのつもりで参ったのだ。しばし待て」

神谷は小関を押しとどめ、巾着《きんちゃく》を拡げる。

しかし、渡した銭は足りなかった。

「おらが休んでる間に値上げをしたそうなんだ。悪いけど神谷の旦那、これだけ払ってくれないか」

「おい、幾ら何でも高すぎるぞ」

「それは早見の旦那のぶんだぁ。十郎のつけにしといてくれって、お団子を毎日呆れるほど食ってたんだって。おらが居るときなら振る舞ってあげたのになぁ」

「まことか、兵馬……」

神谷がじりっと早見に迫る。

端整な顔に血が昇り、形のいい眉がぴくぴく動いている。

「あっ、奉行所に忘れもんをしちまったい」

とぼけた声を上げるなり、だっと早見は駆け出した。

「待たぬか、こやつ！」

「か、勘弁してくれ〜」

「はははは、こりゃ可笑《おか》しいや」

腹を抱えて笑う小関の気分は上々。

茶代をまとめて引き受けても余りある、若い二人の存在が励みになっていた。


その後もはしかは疱瘡と並ぶ流行り病として恐れられ、幕末に至るまで幾度も猛威を振るった。

しかし、医者たちも手をこまねいてはいない。

この年、宝暦三年の末に日の本独自のはしか治療の専門書が刊行されている。題して『麻疹日用《はしかにちよう》』。

的確な投薬によって病毒を抑え、禁忌に囚われることなく食事をさせて、患者の体力増進を図ることに重きを置いた治療法は、まことに画期的なものだった。

一方で、はしか神送りが盛んに行われ、市中の民の加熱ぶりは同年の六月に発せられた江戸町触《まちぶれ》によって禁じられるほどだったという。

そんな庶民の行事が暗殺奉行の闇裁きに一役買っていたとは、誰も知らない。

双葉文庫

ま-17-19

暗殺奉行《あんさつぶぎょう》

怒刀《どとう》

2014年5月18日　第1刷発行

【著者】
牧秀彦《まきひでひこ》

【発行者】
赤坂了生

【発行所】
株式会社双葉社
〒162-8540 東京都新宿区東五軒町3番28号
［電話］03-5261-4818(営業)　03-5261-4833(編集)
www.futabasha.co.jp
(双葉社の書籍・コミックが買えます)

【印刷所】
株式会社亨有堂印刷所

【製本所】
株式会社若林製本工場

【表紙・扉絵】南伸坊
【フォーマット・デザイン】日下潤一
【フォーマットデジタル印字】飯塚隆士

落丁・乱丁の場合は送料双葉社負担でお取り替えいたします。
「製作部」宛にお送りください。
ただし、古書店で購入したものについてはお取り替えできません。
［電話］03-5261-4822(製作部)

定価はカバーに表示してあります。

ISBN978-4-575-66668-7 C0193
Printed in Japan